Zéro gloire

Pierre Guénard

Zéro gloire

roman

Flammarion

ISBN : 978-2-0802-9061-8

Harry

Comme les gens meurent rarement au bon endroit, Patrick a créé l'Agence Funéraire Européenne. C'est écrit en énorme sur la façade. Grâce à lui, vous pouvez mourir où vous voulez dans la zone euro, on vous ramènera à la maison.

C'est à l'agence que j'ai découvert ce qu'il y a après la mort : l'haleine vineuse de Jeannot, Hervé, les cravates à élastique, les blagues en douce pendant la mise en bière.

Moi c'est Aurélien, ou Harry pour ceux que ça fait marrer de m'appeler comme ça.

Avec mes collègues du McDo de la rocade, c'est Salut Harry. Avec Patrick, c'est Salut mon Harry. D'abord j'ai pensé que c'étaient les cheveux, puis les lunettes, ou encore les traits de mon visage. Maintenant je me dis que cet air de chaton me dépasse et que j'ai l'aura d'Harry Potter.

L'agence funéraire se trouve en plein cœur de la zone commerciale de Poitiers. Tout autour, il y a un périmètre de sécurité qui s'est dessiné comme par superstition. Ça nous fait un parking mille fois trop grand et les gens marchent longtemps avant d'atteindre le bâtiment.

La vitrine de gauche donne sur le salon de présentation des cercueils, celle de droite sur le bureau. Au centre, c'est la porte vitrée que je pousse pour dire Salut Patricia. Je lui tape la discute comme aux petites vieilles de Cravoux quand j'étais petit. Tous les deux, on regarde les familles se garer et on parie sur la gamme du cercueil. Au début je me fiais aux voitures. Je me disais Mercedes = chêne massif, et puis j'ai vite compris que Mercedes a les moyens de faire simple. C'est plutôt Patricia qui jure que par le chêne laqué à poignées dorées. Elle dit que la dignité a un prix et qu'elle met de côté pour ça.

Derrière l'agence, on gare le corbillard de cérémonie et le petit fourgon noir aménagé pour le transport de corps même si, quelque part, tous les véhicules sont faits pour ça. Disons que celui-là est réfrigéré.

Harry

Voilà comment ça se passe. Quelqu'un meurt, une tierce personne découvre le corps, une autre constate le décès, une troisième désigne une société de pompes funèbres. Quand c'est notre tour, Patricia m'envoie l'heure du rendez-vous par texto et ça vibre dans ma poche. Parfois je suis à cinq cents mètres, je sors de ma nuit chez McDo et je réponds *J'espère* au lieu de *J'arrive* à cause du mode T9. Je me sens con mais elle comprend. Je repasse vite fait chez moi, je change de costume et c'est parti.

Selon l'uniforme que je porte, je vends des burgers ou je viens chercher un corps, alors je me dis qu'on devrait inventer le Big Macchabée juste pour moi. Bref. Patricia me tend la feuille de route et je fais le tour de l'agence avec les clés du fourgon qui tintent dans ma poche de costume comme si j'avais réussi ma vie. J'arrive à la morgue, je donne un nom, on me donne un corps et Merci-bonsoir-bon-courage. Les portes du fourgon claquent et je me casse. Je me roule une tige en tenant le volant du bout des yeux, avec la radio qui chante rien que pour moi. Mon corps conduit celui d'un autre et personne se doute qu'un cadavre est en train de les doubler.

La plupart du temps, mes trajets se limitent à la rocade qui empêche la ville de déborder et je jalouse les clignotants qui prennent les bretelles. Patrick a du mal à l'avouer mais l'Europe de l'agence, c'est pas plus grand que Poitiers. Sur les hauteurs, on voit toutes les lumières qui s'éteignent jamais et j'essaye de deviner où sera le prochain à ramasser.

D'ailleurs, j'entends souvent parler de lumière et de couloir mais en réalité, la mort est une succession de portes. Fourgon, morgue, frigo... on ouvre, on vérifie que c'est bien mort et on referme.

Quand je rentre du funérarium et que je me sens d'humeur, je fais un petit crochet par le McDo. Je m'engage sur la piste du drive, le coude sur la vitre et la musique assez fort pour que tout le monde entende qui je suis vraiment. Je regarde droit dans les yeux l'abruti de l'équipe de jour qui me dit Salut Harry et je prends mon Maxi Best Of. Il me félicite pour la cravate, je fais mine de rien et je passe la première avec un immense doigt d'honneur au fond des yeux.

Je rêve que d'une chose : redevenir client.

Sonia

À une heure de Poitiers, si on bifurque et qu'on roule entre les champs pendant encore vingt minutes, on tombe sur Cravoux, une petite grappe d'agriculteurs dont la châtelaine tire encore le jus avec un ruban bleu blanc rouge autour de la taille. Là-bas, la révolution ça a été comme pour la télévision ou le tout-à-l'égout, c'est arrivé bien après que chez tout le monde et on a gardé des toilettes dans le jardin, au cas où. Les anciens se sont installés là avec Dieu. Ils ont secoué les cloches toute leur vie et ils sont morts. Leurs enfants sont devenus nos parents, ils continuent de vivre ici avec leurs souvenirs, dans la centaine de maisons blotties autour de l'église et du cimetière. Ils n'osent plus partir. Ils disent qu'ils sont d'ici et qu'ils ont toujours été d'ici.

Avec Jerem on se retrouvait au cimetière pour fumer des clopes en attendant le car scolaire. Je les taxais à ma mère et les vendais à Jerem un franc l'unité, le prix du marché. Pour une taffe, c'était cinquante centimes. Quand maman arrêtait de fumer, on devait enlever toutes les petites merdes des mégots qu'on ramassait sur la place de l'église. Les clopes qu'on se roulait avec en valaient au moins trois tellement elles nous arrachaient la gueule. Avec ça, on posait nos culs sur *Jeanine Auchère 1924-1991*. Le petit point rouge passait d'une bouche à l'autre et Jerem tournait le filtre pour pas poser ses lèvres sur les miennes. L'hiver, on était tranquilles avec le brouillard pour nous cacher. L'été, tout le monde pouvait nous voir mais on s'en foutait, c'était l'été.

Derrière le Christ en bois, il y avait un gros tas de cartouches de la dernière guerre avec le chat qui dormait dessus. Cet enfoiré de Jacquot nous avait interdit d'y toucher mais on avait essayé de les amorcer quand même, sans vraiment y arriver. Finalement, on tirait avec la carabine à plomb entre les tombes et on jouait à saute-caveau.

SONIA

Le cimetière, c'est aussi là où j'ai pas embrassé Sonia. On devait avoir dans les dix ans. Coupe en brosse pour les garçons, carré plongeant pour les filles, et en avant la compagnie. Nos parents avaient nourri les mêmes rêves au même moment alors on parlait de génération. Ce que cette génération aimait par-dessus tout, c'était de se faire payer le café à l'improviste. Quand les uns frappaient au carreau, les autres soufflaient les miettes de pain sur la table en se passant une main dans les cheveux. Ils pouvaient être jusqu'à dix à s'asseoir autour de la nappe cirée. Ils faisaient glisser leurs doigts sur le bord granuleux des mazagrans et discutaient comme s'ils n'avaient jamais eu d'enfants. Les radars mobiles, le lâcher de salopes, les 24 heures du Mans 89, tout ça pendant que la cafetière se vidait vite fait pour attaquer l'apéro. Les femmes faisaient mine de pas vouloir d'alcool mais en buvaient quand même. Les enfants plongeaient leurs petites mains soufflées comme du pop-corn dans les ramequins à cacahuètes. Les mamans reprenaient un verre avec cet air de pas y toucher et les papas y touchaient volontiers. Les enfants voulaient goûter le 51 et les parents finissaient par dire Oui mais doucement, compris ?

Ce jour-là, le pastis m'avait brûlé la gueule et j'avais réclamé une autre lampée pour impressionner Sonia. On avait harcelé son père pour qu'il nous fasse le truc de la cuillère sur le nez. Oui ! La cuillère sur le nez ! Allez la cuillère sur le nez ! Il avait donc posé sa cuillère en équilibre et on s'était barrés en riant.

Au bout d'un moment, à trop nous voir danser au milieu des vapeurs d'alcool et du gros nuage nicotiné, les parents nous ont enfermés dehors. C'était à quelques jours des grandes vacances et pour les enfants qui dormaient et se réveillaient tôt, le soleil ne se couchait plus.

J'ai su où était cachée Sonia en voyant le chat déguerpir de derrière le Christ. Elle m'a fait signe de me taire avant que je crie Trouvée ! Le gravier croustillait sous mes semelles et ça puait les fleurs passées. Avec le 51, je me sentais tout mou et je reconnaissais pas tout à fait Sonia. Je me suis accroupi devant elle et son regard est devenu plus large, plus fixe, plus noir, plus proche. Elle m'a dit Vas-y, et moi j'ai rien trouvé d'autre à dire que Perdu.

Les jours suivants j'ai rejoué la scène où Aurélien embrasse Sonia. J'allais derrière le Christ et quand le vide me disait Vas-y, je faisais tourner ma langue dans la paume de ma main. Quand j'en ai eu marre, j'ai dégommé *René Guichard 1923-1974/L'amicale des anciens d'AFN à leur compagnon* avec ma carabine. Il y a eu un éclat sur la pierre et le *R* s'est changé en *B*. Ça m'a fait marrer mais Jacquot m'a vu et je m'en suis pris une. Je suis allé me planquer derrière le Christ une bonne heure, le temps que la trace se dissipe, et j'ai fini par tuer le chat. En plein dans l'œil. Il est resté en boule et très doux plusieurs jours d'affilée. Ça m'a semblé pratique de mourir au cimetière et je suis rentré chez moi.

J'ai beaucoup pleuré d'avoir tué le chat. Et puis la bouche de Sonia pas sur la mienne, je m'en mordais les doigts.

Génie

On finit par s'habituer aux odeurs. Au début c'est insupportable à cause de la graisse qui s'incruste partout, dans les narines, sur la peau et derrière les oreilles. Y a les lunettes qui glissent en permanence, ça rendrait fou n'importe qui. J'ai longtemps eu envie de m'essorer les cheveux pour me débarrasser de toute cette huile et depuis que je bosse chez Patrick, je me demande si je sens la mort autant que la frite.

La nuit au McDo, mon corps fait des choses que mon esprit déteste alors je le laisse aller où il veut. Il slalome un peu partout et quand il a un mot, une phrase qui lui vient, il me traîne aux chiottes et j'écris tout ce qu'il me dicte dans un carnet. Je tire la chasse et je ressors avec un poème de ouf.

Ça fait un an et demi que je viens lutter ici vingt-quatre heures par semaine, donc des poèmes, c'est pas ce qui manque. Encore moins depuis que je bosse de nuit. Avec la fatigue et le décalage, il y a tous les filtres qui tombent et je suis tout le temps fourré aux chiottes.

Lors de ma première nuit, l'équipière n° 1 vient me voir concernant la moppe. Elle me demande si je suis un garçon ou une fille. Elle est vraiment désolée, c'est juste qu'elle a un doute. En fait je m'y prends mal. Il faut faire des 8. Ça permet d'effectuer le nettoyage du lobby en 1 h 30. Je peux vérifier si je veux. Depuis je fais des 8 et j'essaie d'oublier le prénom des filles qui travaillent la nuit. Je leur donne un numéro et quand j'ai besoin d'elles, je trouve toujours le moyen d'éviter leur prénom. Dis-moi. Hey. Excuse-moi.

Il n'y a qu'Assia que j'appelle par son prénom. Premièrement parce que c'est la manageuse, c'est plus pratique pour négocier les points repas supplémentaires, deuxièmement parce qu'on fait du covoiturage pour aller au taf, ça économise de l'essence. On s'est rendu compte qu'on était voisins et ça s'est fait comme ça, sans trop de chichis. Dans sa Twingo c'est nickel de chez nickel. Jamais une miette. J'imagine que chez elle c'est pareil. Rien qui dépasse, l'inox de l'évier qui rutile et des produits triés par taille et par utilité dans la salle de bains. C'est pour ça qu'elle me demande de bien séparer le ketchup et la mayo dans les bacs rouges. Elle dit qu'il faut évacuer la charge mentale, sinon on peut pas réfléchir. Avec Martin à la coloc, c'est tout l'inverse, les déchets s'amoncellent en strates géologiques. Un carton de pizza par soirée. La Margherita de la baise ou la Reine de la loose. Autant de miettes que d'heures passées à espérer qu'une fille entre dans la pièce et se déshabille devant moi. C'est un sacré bordel mais ranger serait une négation de mon existence, aussi pourrie soit-elle. Je me sens comme fossilisé au milieu des strates, pris entre le désir que rien ne s'arrête et que tout ça soit derrière moi.

Quand elle me dépose devant chez moi, Assia me dit Bon ben bonne nuit Aurélien, ou plutôt bonne journée. Je m'imagine en train de la serrer à l'arrière de la Twingo et puis je vois Harry Potter dans le rétro et je dis Oui toi aussi, salut.

En général, le service se passe sans encombre. Assia supporte aussi peu que moi numéro 1, 2 et 3 et on se fait des clins d'œil quand on a envie d'en gifler une. Le samedi soir, c'est corvée de toboggan. Je le remonte un chiffon à la main et j'astique. Je voudrais bien m'y branler pour emmerder le monde et lui dire que j'ai rien à foutre ici mais tout ça est entrecoupé par les commandes que je dois prendre au drive, alors je laisse juste un petit mollard de con. Ça bipe dans mon oreille et un mec crie dans l'interphone pour voir si je suis gentil. Bonsoir et bienvenue chez McDonald. Je vous écoute pour la commande... Best Of ou Maxi Best Of ? Frites Coca ? Merci. Je vous laisse avancer jusqu'au prochain guichet pour le règlement.

Et c'est parti pour le grand ballet des bips. Bip des friteuses, bip des plaques de cuisson, bip pour se laver les mains, bip de la carte bleue, bip pour pointer, bip pour dépointer. Même la pendule dessine des bips avec ses petits points rouges.

Entre 7 et 8 heures du matin, je prends la balayette McDo, la pelle McDo, et je gagne le parking McDo. Les couples d'un soir viennent y finir leur nuit. La plupart du temps, les mecs ont trop bu pour bien bander, ça dure des plombes et les capotes jetées par la fenêtre sont vides. C'est là que j'interviens.

Je sais bien que j'y suis pour rien mais quand je commence à balayer, le jour se lève. Le soleil tape sur les feuilles des platanes et ça brille comme l'eau d'une rivière. Je ferme les yeux et je m'imagine revenir ici dans quelques années. Sûrement que ça n'aura pas beaucoup changé, le même goudron, les mêmes enseignes. Je chercherai des traces de moi et tout ça me paraîtra loin.

En attendant, j'entends le vent qui fait soupirer les arbres et tout d'un coup, je suis à la montagne, tout est vierge. Si je regarde au loin, j'arrive à me projeter jusqu'après l'horizon et je suis plus envieux de rien.

Quand j'ai fini de balayer, le soleil est tellement haut qu'il ne m'appartient plus. Quelques ouvriers passent au drive pour un McMorning. Leur bouche est pleine du front d'un enfant qui dort encore à l'autre bout de la rocade. Moi, au milieu de cet Everest de poubelles, je respire un peu et GIFI me conseille de trouver des idées de génie.

Président

Avec Sonia on continue d'avoir dix ans à l'école primaire de La Fierté.

Quand Corto me fait venir devant la classe, c'est pour m'envoyer son 45 au cul, rien d'illégal. Il crie des trucs du genre Monsieur Aurélien Moreau, c'est truffé de fautes, et qui dit faute dit pénalty ! Il se met derrière moi, il prend de l'élan et But ! Je me retrouve projeté à trois mètres, la gueule écrasée contre la vitre. Personne applaudit et je retourne à ma place en évitant le regard de Sonia.

Sonia.

Le matin, avec les lettres multicolores qui flottent dans mon bol, j'écris son prénom et je la bouffe. La journée, je m'enfonce des *S* sur l'avant-bras avec la pointe de mon compas. Dans le car du soir, au fur et à mesure que les gamins tombent du bus par paquets, je fais Haha et j'écris Sonia sur la vitre pour l'avoir avec moi. J'écris tellement son prénom qu'il veut plus rien dire, et quand le chauffeur me crie de descendre parce que j'ai la tête dans les Sonia, je sens grossir en moi tout ce qui nous sépare : la porte accordéon qui se referme, le car qui débraye et me laisse dans son petit nuage gris, les dix kilomètres de rien jusqu'à La Fierté où Sonia habite et le silence… le silence. Putain le silence…

Un jour où je suis seul dans la cour à regarder les autres s'envoyer des balles dans la tronche et s'arracher les cheveux, un jour où des mots me viennent en contemplant le ciel et où je trouve ça tellement joli que je me les répète comme un mantra, Jerem me dit Viens là Auré, je vais te montrer un truc. En rabattant le loquet sur sa butée, je sais pas que la porte se referme sur une vie de branlette. Jerem sort un magazine de dessous son T-shirt avec des femmes très souples à l'intérieur. Les hommes tiennent dans leur main droite une pompe à vélo. Il me dit de baisser mon pantalon et de faire pareil. Assis à deux sur les toilettes, la faïence me gèle le cul, je pompe et mon sexe s'agrandit. Après ça, on s'enferme tous les jours. Les autres jouent à chat ou s'esquintent les mains à faire du sable doux avec les gravillons sans se douter que leur sexe peut se transformer.

Quand on attaque le chapitre de la Révolution française, Corto nous met devant la glace et nous demande d'enlever nos chaussures. Ça nous embête mais il veut qu'on sente l'énergie de la Terre circuler dans notre corps pour bien chanter. Nous, tout ce qu'on sent, c'est que ça pue les pieds. On regarde nos sales tronches dans le miroir et le parquet grince. Il faut aussi qu'on mette notre main droite sur le cœur et expliquer à Jerem que le cœur c'est au-dessus de la ceinture. On redresse le menton vers le ciel et c'est parti : *Allons enfants de la patrie, le jour de gloire est arrivé*... On chante tous ensemble et l'émotion perle aux yeux de Corto. Il clope et de la fumée sort de ses grosses narines. Ses mains s'agitent au milieu, il bat la mesure, c'est la prise de la Bastille à lui tout seul.

Apparemment, tout le monde peut devenir président de la République :

— Si si ! Tout le monde peut se présenter, c'est la République, et peut-être que tiens,

Vanessa par exemple, peut-être qu'un jour Vanessa nous invitera tous à l'Élysée !

— Franchement, Vanessa à l'Élysée avec son œil qui dit merde à l'autre, on est pas rendus !

Jerem s'en prend une direct.

Sonia est au premier rang. C'est pratique pour la garder au fond de mes yeux sans me faire remarquer. Et elle je la vois bien à l'Élysée. Elle ferait glisser son index derrière l'oreille pour remettre ses cheveux en place avant de signer la paix avec les Allemands. S'il n'y avait que moi, je lui filerais les bateaux-mouches et tout le reste. La tour Eiffel, les caméras, tout tout tout. Je pense à ça parce que dans ma main j'ai la petite chaîne que je lui ai achetée dans la galerie marchande du Leclerc. Maman a fait mine de rien voir, pensant que c'était pour elle. J'ai mis deux balles dans la machine et la grosse boule transparente est tombée avec le petit pendentif à l'intérieur. À force de la serrer, il y a des nœuds partout mais c'est pas grave, c'est encore bien doré. Enfin bref. Sonia c'est la parfaite bonne élève. Quand elle rentre de l'école, sa mère l'attend avec un verre de lait et une part de tarte. Ça arrive une fois l'an qu'elle pleure parce qu'elle descend sous la barre du 15/20. Moi je fais des tractions avec sa barre mais je passe à peine le front au-dessus parce qu'à la maison, y a que la télé pour me dire Fais tes devoirs. Franchement, je sens bien que la mère de Sonia nous juge. On leur paye l'apéro mais quand ils partent ils critiquent autant que nous. Ils disent qu'on est des ploucs, et nous qu'ils sont culs serrés.

Après *La Marseillaise*, les grilles de l'école grincent et des baisers tombent des bouches. Puis tout le monde s'éparpille dans les champs autour de La Fierté vers des maisons qui font semblant d'exister. Juste avant de prendre le car, je m'avance vers Sonia avec un papier plié en quatre sur Sonia présidente et la petite chaîne en or. Elle et sa copine fantasment sur le voyage aux USA qu'elles feront jamais. Je me plante devant elles et la discussion s'arrête net. Je lui tends le papier et elle dit Non merci.

Je passe le trajet du retour à transformer la cicatrice du *S* en *8* sur mon bras. Quand maman rentre du travail, je lui fais une jolie surprise.

Pieuvres

Dans la salle des équipiers, M6 diffuse des clips. Julien Doré chante *Les Limites* et j'envoie GAIN au 3838. Assia pousse la porte pour me dire Aurélien on y va si tu veux. Mon portable vibre et je frissonne à l'idée d'avoir enfin gagné le gros lot. Je dis J'arrive et je lis que Patrick passera me prendre chez moi pour un transport de corps.

Autour de Poitiers on a arrêté de faire du colza et du tournesol pour cultiver des lotissements. C'est devenu plus rentable de loger les gens que de les nourrir alors des petites maisons poussent un peu partout. Rue Nelson Mandela, les maisons sont de trois couleurs différentes pour pas se tromper. Rose, bleu, jaune. Nous c'est une bleue. Avec Martin on s'est dit que le garage attenant ça serait pratique pour répéter.

Et puis quand on marche dans la rue, on peut suivre une émission de télé de maison en maison sur au moins 200 mètres. La première fois qu'on a branché nos guitares, la maison d'à côté est venue gueuler pour le bruit. On a laissé tomber les répètes et j'ai accepté le CDI chez McDo. J'aurais préféré rester en CDD pour toucher le chômage mais j'ai fini par signer. Ça fait que papa-maman dorment tranquilles même si je gagne pas beaucoup plus.

Assia me dépose chez moi vers 9 heures. Bon ben bonne nuit Auré, ou plutôt bonne journée !

Je prends une douche, je fais claquer l'élastique de la cravate et je m'endors sur le canapé du salon. Patrick klaxonne pendant cinq bonnes minutes avant que Martin gueule Putain Auré, réveille-toi !

On arrive Cité des Couronneries à 10 heures. Trois camions bleus, deux camions rouges, un camion noir : ça crame pas mal d'essence, un meurtre. Patrick fait semblant d'être étonné quand je lui dis que c'est mon premier.

On est les seuls à faire du bruit quand nos portières claquent. Quelques radios de police crachotent gentiment pour impressionner les badauds mais en dehors de ça, pas d'ambiance. Tout le monde nous attendait et on fend la foule en maîtres. Des gens nous prennent en photo avec leurs téléphones. Pile au moment où je commence à aimer ce job, une femme dit à son gosse Oh regarde, c'est Harry Potter. Le gamin demande si c'est vrai. Salope.

Bâtiment B. 2e étage gauche.

Du palier on aperçoit des flics en jean-blouson dans l'appartement. C'est juste le brassard qui le dit, sinon on croirait la famille venue se servir en draps et en vaisselle.

Tout résonne dans ces clapiers. On dirait que c'est fait exprès. La solitude, l'angoisse, les coups de poing étouffés. Ça résonne longtemps après les cris et si les murs parlaient, on voudrait qu'ils se taisent. Patrick paraît tellement détendu que j'ai envie de lui demander combien de personnes il a tuées.

Allongée sur le sol, on pourrait penser que la dame fait une blague, mais personne peut se retenir de cligner des yeux aussi longtemps. Et puis on fait pas ce genre de blague quand on garde autant de bouts de savon dans un bocal. Les tiroirs débordent de crayons publicitaires, de papiers cadeau et de bouchons en liège. Il y a une vingtaine de Noëls là-dedans. Tout est si bien rangé que je crois pas que la dame avait vocation à faire marrer les flics. Elle s'était plutôt imaginée ne pas se réveiller dans ses draps bien blancs et bien frais, un après-midi d'été où la télé aurait continué de parler sans elle. Le temps passant, elle avait dû croire que c'était gagné – c'était sans compter sur son voisin qui passerait lui rendre visite pour lui serrer la gorge jusqu'à ce qu'elle crève.

Les flics travaillent en silence, comme les dealers au pied de l'immeuble. Patrick me raconte à voix basse ce qu'il a vu de plus gore dans le métier. Je commence à comprendre que toutes les légendes urbaines sont vraies.

Un flic nous dit Messieurs, vous pouvez procéder à la levée du corps. Patrick prend la tête et moi les pieds. On met la dame dans le sac et zip c'est parti.

Sur le retour je passe vite fait à la station 24/24. Trois quilles de Jenlain et des Pringles.

Par la fenêtre de la cuisine, je vois Martin qui bosse sa guitare. Mathilde est là aussi. Bientôt ils monteront faire l'amour avant d'aller au conservatoire ensemble. Moi je les écoute discrètement. Martin met du blues malien et j'essaie de comprendre ce qu'il dit à Mathilde. Je me cale bien profond dans le canapé, j'allume l'ordi et Martin monte avec elle comme prévu. Après l'amour ils s'emmêleront comme des pieuvres et s'endormiront dix minutes. Leurs cerveaux trieront tout ce qu'ils ont emmagasiné, le solfège et l'orgasme.

J'en profite pour taper un peu d'herbe à Martin en plus de la bière. Je regarde des vidéos des Doors et ce n'est pas Jim Morrison qui chante, c'est moi. C'est moi la transe et les cris, c'est moi le cuir et la messe interdite, c'est moi l'Indien des grandes plaines, c'est moi les jours étranges, les visions à L.A., la jeunesse qui brûle en offrande, c'est moi la gloire, le scandale, c'est moi le chaos, je me finis sur un porno. Un jour je monterai sur scène ou bien Martin se rendra compte que je fume sa beuh et que je bois le matin. Il comprend pas que pour moi le matin c'est le soir. J'enchaîne les vidéos et j'ai les yeux qui pleurent. Le manque de sommeil multiplie les effets, je somnole, j'entends des applaudissements monter de la foule en bas de l'immeuble de tout à l'heure. Ils ont aimé ce que je leur ai chanté. Là-haut Patrick filme la victime. Elle est à poil. Elle a juste gardé ses chaussons et tout le monde rit en disant qu'elle n'est pas tout à fait nue. Jim frappe à la porte.

Jerem

C'était pendant l'année de quatrième. La mère de Jerem a déboulé dans le garage, Jerem ! Viens vite y a une vipère ! Viens vite la buter la vipère !

Elle nous a tendu la 22 Long Rifle et le fusil de chasse avant de pointer l'arbre du doigt. Ni une ni deux, Jerem s'est précipité pour tirer dans le tas. Des feuilles et des bouts de serpent nous ont éclaboussés. De la charpie. Il restait plus que la tête accrochée à la moitié du corps qui se tordait dans tous les sens à pas vouloir rendre son âme.

Vas-y Harry ! Qu'est-ce que t'attends ? J'ai pas aimé qu'elle m'appelle comme ça mais j'ai rien dit, j'étais pas chez moi. J'ai bloqué la tête avec le bout du canon et je lui ai mis la cartouche de 22 en fermant les yeux. La mère nous a payé une bière et elle est partie frotter les vieux au gant de toilette. J'avais les mains qui tremblaient et Jerem a bu cul sec.

Le mercredi on faisait nos devoirs ensemble dans sa maison vide, pendant que sa mère bossait. Pour ce qui est de son père, il avait dû habiter dans la baraque le temps de fabriquer Jerem, son grand frère, et d'accrocher des têtes de sanglier un peu partout. Après il était plus revenu, mais ça Jerem en parlait pas. Il nous servait un whisky-coca que je sirotais en admirant les dessins de motos entre les trophées de chasse. Par principe, je sortais mes cahiers pendant qu'il collait le goulot de la bouteille au robinet de l'évier pour refaire le niveau. Après on allait traîner dans les chemins et je prenais les bottes de sa mère. Ça m'excitait pas mal de pénétrer dans la zone confidentielle de ses pieds. J'épousais l'empreinte, j'imaginais les positions et on descendait jusqu'au petit lavoir à auvent. Les tuiles pleines de mousse, le pont à cheval sur le ruisseau, on était tentés de trouver ça beau mais on se demandait quand même pourquoi les vieux étaient venus s'installer ici.

Jerem

C'était un après-midi sans nuages. Jerem sentait l'Ushuaïa bleu parce qu'il lavait son T-shirt Adidas avec tous les soirs au-dessus de la baignoire. Sa mère gueulait à cause de la fenêtre ouverte et du chauffage à fond pour que ça sèche. Elle menaçait de lui faire payer le plein de fioul mais Jerem, ça le faisait marrer. Enfin bon. Au collège tout le monde aurait pu se foutre de sa gueule parce qu'il s'habillait toujours pareil mais là, c'était de la marque. On respectait.

On s'est calés derrière le mur en pierre du lavoir et je lui ai vendu une clope. On a craché la fumée par le nez, allongés sur le dos et la main dans le caleçon. Et puis, c'est sorti de nulle part, mais on s'est juré que si on avait toujours pas niqué à dix-huit ans on irait en Espagne pour régler ça. Là-dessus Jerem s'est endormi, la clope à la bouche. Sa mèche blonde virevoltait tranquillement sur son crâne rasé. Il dormait comme les morts, avec les mains croisées sur le torse et le ciel qui lui glissait dessus. Il sentait plus rien, ni la fourmi qui explorait ses doigts pleins de cambouis, ni sa carotide qui donnait des petits coups sous la peau tellement tout était calme.

Je me suis approché de son visage pour retirer sa clope avant qu'elle le brûle. J'ai pincé le mégot entre mes doigts et sa lèvre du bas est venue avec. Jerem a ouvert les yeux en grand.

— Hey mais t'es qu'un sale pédé ! il a dit aussitôt.

— Hein ? Mais t'as craqué ou quoi ? C'était pour pas que tu te brûles !

Je me suis relevé direct et je suis allé pisser dans un coin.

Jerem a attendu que je sois bien hypnotisé par mon jet pour sortir le long canon noir et froid de la carabine. J'entendais plus rien que le ronflement de ma pisse dans les ronces jusqu'à ce que je sente une présence dans mon dos. Ça a claqué sec. Je me suis pissé dessus et Jerem s'est mis à rire comme le démon en me tirant dessus de nouveau. Il était complètement possédé par l'idée de me faire du mal. Il rechargeait, il tirait. Il rechargeait, il tirait. Les mollets, les bras. De grosses framboises apparaissaient sur ma peau. Tout d'un coup la rage m'a pris et je me suis jeté sur lui. On est tombés à la renverse l'un sur l'autre, nez contre nez. J'avais son souffle sur ma bouche. J'ai tendu mes bras sur son cou et j'ai serré de toutes mes forces. De la salive luisait à l'ourlet de ses lèvres. Je le voyais rire dans le brillant de ses yeux, c'était impossible de tuer la bête en lui. Je me suis barré en chialant. Reviens Harry, j'ai une idée !

On s'est planqués de chaque côté du pont. J'ai chargé la carabine, une voiture est arrivée, et bing ! Le choc a été instantané avec la petite toile d'araignée sur le pare-brise. Harry ! Harry ! Tu l'as eu ! Tu l'as eu, ce connard !

À la sortie du pont la voiture a pilé et le mec est descendu. Avec la panique, on aurait dit que mon sang cherchait à jaillir par tous les trous de ma tête et j'ai dévalé la berge sur le cul pour me cacher sous l'eau. J'avais jamais entendu quelqu'un hurler comme ça. Enculés de petits bâtards ! Les mots ont roulé jusqu'à nous et la voiture a redémarré.

Je suis resté encore quelques minutes sous l'eau pour être sûr et je suis remonté sur la rive. J'ai tendu mon bras à Jerem qui savait pas bien nager. Je lui ai fait la blague de J'te donne la main et puis non, et je l'ai hissé sur le bord. On s'est vannés vite fait mais quand même, on avait ce petit goût de vase dans la bouche qui passait pas. Et puis nos clopes étaient mouillées…

Zéro gloire

On a hésité à se prendre dans les bras. Au lieu de ça, on a salué cet enfoiré de Jacquot qui traversait le pont en tracteur.

Enfant soldat

On prend la rocade en direction du crématorium. Patrick dit qu'on peut pas toujours être sur le dos des gamins et que venant des manouches c'est pas étonnant. Ça fait longtemps qu'on aurait dû les virer de là. Peut-être que le petit Kevin il serait encore vivant.

Depuis ce matin, tout le monde parle que de ça. De Kevin qui a voulu fabriquer un gros feu d'artifice avec ses copains. Le SAMU n'a rien pu faire et lorsque les flics sont arrivés, ils ont évité le règlement de compte de justesse. Quand ils l'ont emmené, le corps du gamin a laissé une traînée de poussière derrière lui pour étouffer les cris de sa mère.

Au créma, l'ambiance est plutôt joviale. Dans la salle d'attente, *Le Courrier de l'Ouest* titre sobrement « Kevin, 12 ans, feu d'artifice mortel chez les gens du voyage » et la photo s'étale sur toute la une. Il fait beau aujourd'hui. Jeannot est plutôt frais et Patrick s'est bien branlé ce matin. Il est gai comme tout et sa moustache est parfaitement peignée. Il n'y a qu'Hervé pour pas tenir en place.

Dans le cercueil c'est un octo, alors on laisse la famille remplir les mouchoirs tranquillement. Ça nous donne une bonne demi-heure à tuer dans la salle des frigos.

C'est calme dis donc ! En général le samedi, c'est le rush. Le thanato a l'air en forme lui aussi. Sa grosse mallette est ouverte. Il a préparé tous ses outils sur la desserte à roulettes. Il est tellement peinard qu'il travaille devant nous, sans tirer le rideau. C'est Mme Machin sur le plateau. Patrick et Hervé l'ont récupérée à la maison de retraite hier après-midi. Patrick aime bien parler au thanato. C'est un peu le chirurgien du coin et comme Patrick c'est le patron, ben ils se parlent.

Jeannot sort fumer des clopes et Hervé commence à déchiffrer les noms écrits au feutre sur les portes des frigos. Le thanato bourre de coton le nez de Mme Machin avec une grande tige métallique. Ça s'enfonce jusqu'au sinus et j'ai mal rien qu'en regardant. Ça force un peu et le thanato répond aux questions que je lui pose pas. Il dit que dans le trou de balle aussi il en a mis, juste avant qu'on arrive. Ça évite que Mme Machin s'écoule.

Hervé ouvre une porte de frigo.

Sous sa blouse blanche, le thanato est en jean-baskets-sweat-shirt. On dirait qu'il est passé s'occuper du corps entre ses courses et son Loto. Il incise le cou et plante une grande canule dans la carotide. Un bidon de 6 litres posé en hauteur s'écoule par la gorge. C'est rose fluo et ça sent fort l'alcool. Y a rien de compliqué, le corps humain c'est comme une bagnole. Rien que de la mécanique. Des jambes à la place des roues, des tuyaux un peu partout et le moteur juste ici. Bon, là, elle a quelques kilomètres au compteur, Mme Machin ! Il dit ça en donnant des petits coups sur le torse. Ça sonne plein et creux à la fois. Le liquide s'écoule et ressort par le bas de l'abdomen. Le thanato presse la poire et toute la merde est poussée par la solution rose. Parfois ça stagne, ça fait des bouchons, faut surtout pas. Le récipient se remplit à ses pieds. Le sang n'est plus magique, il transporte plus rien. C'est juste ce jus noir mêlé de rose, épais comme du sirop. L'absence de réaction de Mme Machin est terrifiante. Ça vidange mais elle a l'air ok.

Hervé tire un plateau. Puis un autre. On a l'impression qu'il compte les corps et ça me fait penser à l'inventaire des steaks hachés avec Assia. Quand on se retrouve tous les deux dans le congélateur du McDo, j'inspire un grand coup, ça me givre de l'intérieur et ça tue toute la fatigue. Le peu de mots qu'on s'adresse se solidifient dans l'air tellement c'est froid. Je soulève les panières et je compte le nombre de sachets. À travers les clayettes, je cherche le regard d'Assia qui reste concentrée. Son visage disparaît puis réapparaît. On est là, au milieu de l'ancien troupeau de vaches. Assia ajoute du pair à l'impair très vite et sans se tromper. L'efficacité. C'est pour ça qu'elle est devenue manageuse. Son plan, c'est d'acheter un iMac pour gommer les imperfections cutanées sur les photos de mode. Reformer les culs, repulper les bouches et se mettre à son compte rapidement. Assia embellit tout.

Hervé continue de tirer les plateaux.

Le pire c'est l'aspirateur. Le thanato l'enfonce dans la bouche de Mme Machin, ça fait vibrer ses cordes vocales et elle se met à crier. Ça déchire l'air et j'ai envie de sortir. Il suture les incisions et s'attaque à la bouche. L'aiguille est immense et courbe. Il force un peu pour qu'elle passe dans le nez et puis d'un coup, sans comprendre comment, la mâchoire se referme. Et clac, c'est vraiment tout bête, mon Patrick ! Motus et bouche cousue ! Ah ah ah !

Hervé ouvre les housses. Il regarde la gueule qu'ont les arrivages du jour et ça devient Rungis. Il inspecte, il hume, il tâte. Quand on le croise dans la rue, on peut pas se douter qu'un jour, cette silhouette sombre et trapue au volant de sa voiturette sans permis pourrait bien se pencher sur nous. Lui avec la puissance et l'arrogance des vivants, et nous, allongés sous ses yeux, soumis à sa bonne volonté de nous mettre un doigt dans le cul ou non. On aurait rien à dire.

Un peu de colle sur les paupières et voilà le travail ! Le thanato s'applique à maquiller Mme Machin. De la crème, du rose sur les joues et du mauve sur les paupières, c'est presque joli. Après avoir été vidée comme un poulet et farcie de coton, revoilà Mme Machin. Patrick applaudit.

Hey ! C'est le gamin du journal ! Hervé n'en revient pas. C'est la première fois qu'il voit quelqu'un du journal en vrai. Je m'approche un peu du petit Kevin. Hervé demande si je veux jeter un œil et comme je suis pas mieux qu'un autre, je dis oui. Il fait glisser la tirette de la fermeture Éclair en me fixant de son regard d'abruti. Ça se coince dans une compresse. Il donne un coup sec et écarte la housse.

C'est un gros morceau de silence qu'on sort du frigo. Son T-shirt est découpé et les gyrophares ont laissé des traces bleues sur son corps. C'est le foutoir là-dedans. Il y a des coulées de sang séché, des compresses un peu partout et deux électrodes collées sur son torse. La peau est marbrée, les oreilles légèrement violacées. L'oxygène ne pénètre plus. La bouche d'un enfant qui bouge pas, c'est rare de voir ça. Son torse est bombé comme s'il avait jamais expiré. L'entaille sur sa gorge est pas si grosse. Kevin a douze ans et des petits trous partout sur le corps. On dirait un enfant soldat. Je pensais pas qu'on pouvait mourir de si petits trous.

Collège

1er septembre 1939, l'Allemagne envahit la Pologne. C'est la rentrée de troisième. Le prof d'histoire écrit ça au tableau en explosant ses craies, c'est sa période préférée. Il s'excite sur le pacte germano-soviétique mais moi j'entends que les motos cross sur le parking qui attendent de me couper les doigts. Les moteurs résonnent comme des rafales de mitraillettes. Je me dis que septembre est un sacré mois de merde, pas besoin d'être polonais. Ça a commencé dans les douches après le sport. J'ai eu peur qu'on se foute de ma gueule en voyant la taille de mon sexe. J'ai pensé qu'en tirant dessus ça le ferait grossir un peu, mais la machine s'est emballée. C'est donc moi le petit pédé qui bande dans le vestiaire des mecs.

À la maison, Marilyn Manson et Zazie ont pris possession de ma chambre. Chacun sur son mur, les deux se regardent toute la journée. Je me plante au milieu et j'essaie de concilier le zen et l'antéchrist. Je mélange des petits bouts de l'un avec des petits bouts de l'autre pour écrire mes propres chansons. J'ai réussi à récupérer la guitare du frère de maman à condition que je me mette sérieusement au travail cette année. Comme elle est toute pétée, ça m'engage assez peu. N'empêche que sur les trois cordes qui restent, j'arrive à faire tourner un mi/sol en boucle. Maman tape au plafond pour que je la ferme mais ça tourne ça tourne, je suis qu'un derviche tourneur, le sang me monte à la tête, c'est encore mieux que le jeu du foulard.

À la rentrée, Sonia est arrivée avec un appareil dentaire. Ses lèvres sont un peu plus rebondies qu'à la normale et Jerem trouve que ça lui fait une bouche à pipe.

10 mai 1940, l'Allemagne envahit la France : c'est la débâcle. Pour papa, je suis plus assidu dans l'ambition que dans le doigté et c'est un sur mille qui devient pro dans la musique. J'entends rien parce que je suis déjà connu.

Le 20 juin 1940, la France signe l'armistice. C'est l'occupation. Sur le forum de Fun Radio à 15 heures, Zazie répondra aux questions de ses fans. À 14 h 55, un mal de tête me prend et je sors de la classe pour aller à l'infirmerie, je bifurque aussitôt vers le CDI et je me connecte. J'envoie un long poème en salon privé dans l'espoir qu'elle vienne me chercher et m'emmène à Paris. Personne répond.

Il n'y a plus que Marilyn dans ma chambre et je m'applique sur la calligraphie gothique quand j'écris. J'étire démesurément les pattes de mes *M* jusque sur l'avant de mes bras avec une lame de cutter. Je dédie chacune des coupures aux mecs qui m'attendent sur le parking du collège. Je m'appelle Messiah Neoleptic Dark. En vidant mes poches, maman déplie le papier où je nous place Sonia et moi dans le petit théâtre de l'amour et de la mort. Elle dit que Messiah Neo-machin ferait mieux de se remettre au travail s'il veut pas retrouver sa guitare à la poubelle.

Jerem me lance le pari dix minutes avant la fin du cours d'histoire. Je défais ma ceinture de deux crans et je glisse ma main dans mon pantalon. J'agite discrètement et puis je jette mon mouchoir sur le bureau de Sonia. Je sais pas pourquoi je fais ça. Tout me dépasse. Je contrôle plus grand-chose de cette multitude de fantasmes qui naissent pour un mot, un morceau de peau dévoilé, un appareil dentaire. Sonia se retourne et me traite de gros con. Elle pense que je me suis mouché. J'ai honte. Ce connard de Jerem rit tellement fort que le prof se retourne. Sonia se sent visée et dit que c'est à cause de moi, que je me mouche et tout ça. Le prof s'avance avec une poubelle et me file deux heures de colle.

À la télé le dimanche soir, il y a toujours une star qui vient sourire à toute la France. Avec les parents, on écoute en raclant nos assiettes toutes les choses pas drôles qui l'ont menée à la célébrité. À me voir avaler sans rien dire, on pourrait croire que je mange alors qu'en fait je réponds aux questions du journaliste. Je décris Cravoux avec beaucoup de tendresse avant d'évoquer les blessures de l'adolescence. Je raconte les motos qui m'attendent tous les soirs, l'humiliation dans les douches et les menaces de mort. Je dis qu'à la sortie du collège, comme papa est toujours en retard et qu'il n'y a nulle part où aller, je suis obligé de descendre vers les types casqués. Je me plante devant eux comme un flan et celui qui porte du Sergio Tacchini s'approche de moi. Il met son front sur le mien et me crache sa fumée au visage, mais c'est pas grave, c'est que du vent, un jour je passerai à la télé... Le journaliste du 20 heures sourit avec son crayon dans la bouche. Tacchini veut savoir si c'est moi le petit pédé qui bande sous les douches. Je pense à Jean Moulin et je pète une larme sans rien dire.

Au milieu de l'interview, quand le journaliste me demande si on peut dire que mon ascension ressemble... allez... à un conte de fées, je balance Vous savez, je déteste les contes de fées parce que c'est toujours le prince qui vient chercher la fille...

Voilà, c'est la fin de notre entretien, merci Aurélien Moreau d'avoir accepté notre invitation.

Je fabrique un grand sourire en précisant que tout le plaisir était pour moi et le Scénic de papa arrive enfin. La portière s'ouvre et Ça va mon bonhomme ? C'étaient qui ces marlous ?

30 avril 1945, Hitler se suicide.

Fine bouche

Je rentre, il y a Mathilde qui passe me voir finalement. Martin me plante au milieu d'une quinzaine d'inconnus avec ma demi-cuite entre les oreilles. Majoritairement des potes à lui qui sont au conservatoire ou à la fac. Je dis la fac mais ça pourrait être prépa HEC ou n'importe quoi d'autre. Pour moi c'est pareil. Juste des petits bourges qui squattent les beaux appartements du centre-ville pour se cuiter à la vodka sur du Michael Jackson. Quand ils sont bien bourrés, je leur sers des Maxi Best Of au volant de leur soirée dorée. Que ce soit au McDo ou aux enterrements, je vois tout ce que ces pauvres types préfèrent garder pour eux : la faim et la tristesse. Il y a comme un secret professionnel là-dessus.

C'est arrivé une seule fois que quelqu'un me reconnaisse. La fille m'a déballé tous ses souvenirs de l'enterrement et on s'est retrouvés aux chiottes. Je peux pas dire qu'elle était jolie mais ça m'a flatté qu'elle se souvienne d'Harry Potter alors je suis resté poli à l'écouter. Et puis j'ai prétexté une envie de pisser. Je pense qu'elle a pris ça pour une invitation parce que son pied a bloqué la porte pour se pousser avec moi à l'intérieur. Et moi ? Ben j'ai fait mon travail du mieux possible. Pendant cinq minutes j'ai fait partie de la famille et puis voilà. Martin dit que je salis tout. Je pense plutôt qu'il faut pas être snob. Je suis personne pour dire non. Maman répète que pour ceux qui le veulent vraiment, il y a toujours moyen de gagner sa croûte, faut pas faire la fine bouche, c'est tout. Alors c'est vrai que je me sens pas toujours propre, mais je m'assume.

Donc Martin me plante là et je sens monter un gros shoot de confiance avec l'alcool. Je m'approche de la chaîne hi-fi et je m'aventure à mettre un autre son que Michael. Il y a un mec qui trouve ça cool les Doors mais il se casse au bout du cinquième titre d'affilée. J'insiste pas. J'essaie de taper la discute à un autre mec et je finis par raconter mon histoire de Big Macchabée. Il trouve ça cool mais il se casse.

Du côté des filles, c'est autre chose. Je leur dis que je travaille pour bouffer mais que le reste du temps je suis plutôt dans la poésie. Je propose de leur lire un truc et elles me disent Excuse-nous, on revient tout de suite. L'une d'elles me demande si ça me pose pas un problème éthique de travailler pour McDo. Je réponds Carrément et le lendemain j'irai taper « éthique » sur Google.

Ça y est, on arrive sur *Capitaine Flam* et ça commence à se lâcher. Ils sont une dizaine à danser comme des blaireaux en fumant des blondes mentholées. Je me rue sur la table et je m'enquille trois verres de vodka cul sec. Je tape dans la mousse de foie de canard et je trouve que les études, ça a du bon.

Un mec s'approche de moi en gueulant Tu n'es pas de notre galaxie ! Il me demande où est passé Martin. Je dis qu'il est parti et je vois bien qu'Harry Potter n'a rien à foutre ici. Dans le fond, ils pourraient me casser la gueule, ça me donnerait une bonne raison de me barrer.

Je finis la vodka et je suis fait. Je taxe des clopes mentholées dans un des paquets et j'ai l'impression de mâcher du chewing-gum. Je passe discrètement dans la chambre, je colle ma bite sur la poignée de porte et je vide le pot de pièces jaunes dans ma poche. Ça c'est pour ce qu'ils pensent d'Harry Potter, je me dis. Il y a au moins quinze balles, ça pèse.

J'écris merci sur un bout de PQ, je lance Au revoir à la cantonade, personne me répond et je sors.

À la station 24/24, le type me demande comment ça va et je suis l'habitué qui répond Super. Je me cale dans un hall d'immeuble pas loin de chez nous pour siffler les quilles de Jenlain. La bière me tord le bide et pour rigoler je baisse mon pantalon. C'est le genre de chose qu'on aurait fait avec Martin pour la beauté du geste et avoir des trucs à raconter quand on sera célèbres. Je m'accroupis au pied des marches. À travers la porte vitrée, le ciel est orange et noir, avec un léger voile blanc, comme les yeux des vieux. J'attends que ça vienne. Juste assez longtemps pour qu'un avion passe et disparaisse. Dans dix minutes il sera au-dessus de l'océan ou de Bordeaux. Moi je parie sur l'océan. Avec tous les déchets dedans. Il paraît qu'on a beau trier nos merdes, elles finissent toujours dans l'eau et les tortues s'étouffent avec. Il y a la lune qui perce par moments et mon étron qui descend. Je m'essuie avec le ticket de caisse de la Jenlain et ça y est, je suis une légende.

Quand je rentre, Martin est endormi dans le salon. Je suis persuadé d'être clean et je fais du bruit sans le vouloir.

— Ça y est, t'es là Auré ?

— Ouais… Déso pour le bruit…

— Non, c'est bon, t'inquiète.

— Ça va ?

— Arrête de chuchoter, c'est bon j'te dis…

— Ça va pas ?

— Mathilde vient de me larguer.

Je l'ai jamais vu comme ça. Je dis Oh mince et je m'assois près de lui. Il reste comme il est, sur le côté. Je caresse tranquillement sa jambe et il se met à chialer comme s'il m'avait attendu pour le faire.

Il est beau Martin, tout le monde le dit. Un si beau garçon qui pleure c'est pathétique. De la morve coule de son nez à sa bouche, en circuit fermé. Je sais pas trop quoi lui dire. Je le regarde et je pleure à travers lui, ça m'économise. Je me sens moins seul.

C'est la guerre

Piscines & Vérandas Moreau – 05 49 59 01 01.

Après le collège papa me dépose à l'entreprise pour que maman prenne le relais. Quand il claque la portière du Scénic, il sait pas que je suis collé. Sur le parking l'enseigne lumineuse donne des reflets bleu turquoise à sa chemise blanche. Il fait encore assez chaud pour nouer son pull sur les épaules.

Les petites taches bleues dans tous les jardins du coin, les vérandas qui défigurent les maisons en pierre : c'est lui. On peut dire que Jean-No a du pain sur la planche. À la foire expo de la Pentecôte, le stand Moreau est le plus visité. Les petits vieux viennent s'offrir un peu de rêve avec de l'argent qu'ils n'ont pas. Ils s'imaginent profiter de leur jardin en hiver avec un livre au coin du feu. Un jour ils se rendent compte qu'ils lisent toujours pas et qu'ils préfèrent souper dans la cuisine. Ils finissent par éviter du regard le gros vaisseau de verre antireflets, ce rêve devenu un peu trop encombrant. Cette année, le président de région a jeté un œil distrait au stand Moreau. Pour la première fois dans l'histoire familiale, la main d'un des nôtres a serré celle d'un président. Les caméras de France 3 Région ont diffusé la nouvelle un peu partout. Papa prononce de plus en plus les mots « marchés » et « national », et maman est devenue sa secrétaire. Encore une qui a couché… Tout le monde se marre quand il dit ça.

En arrivant je salue l'équipe. Bisous pour le bureau, poignée de main pour l'atelier.

J'arrive Auré ! Attends-moi devant. Maman lève à peine les yeux de son ordinateur quand elle dit ça. Moi je préfère photocopier mes mains dans le bureau de Bernard-le-commercial. Quand son ordi rame, il se jette en arrière sur son siège ergonomique. Il se vante d'avoir tout appris sur le terrain ! Le terrain ! Le terrain ! Là le sablier doit tourner depuis un bout de temps et Bernard est inquiet. Il se balance d'avant en arrière. Il vient de dénouer sa cravate d'une main, le combiné de téléphone dans l'autre. Je crois qu'il veut m'impressionner et sur le moment, je comprends pas bien pourquoi il répète C'est la guerre.

Aurélien, t'es prêt ? Allez en route, mauvaise troupe ! Maman fait glisser tout le bordel de son bureau dans son sac et on y va. Je dis Salut à papa qui trifouille dans l'amas de câbles Ethernet emmêlés. Il répond 'Alut avec son Bic dans la bouche.

On monte dans la voiture et je m'attends à m'en prendre une en annonçant à maman que je suis collé. J'attache ma ceinture et au moment d'avouer, elle descend voir si les sacs isothermes sont bien dans le coffre.

On démarre, j'ouvre la bouche, mais y a rien qui sort. Et puis ça devient un jeu. J'ouvre la bouche, je prends ma respiration et je dis rien. Je chuchote Maman je suis collé. Juste assez fort pour qu'elle me fasse répéter. Et c'est tout un trajet à profiter de la gifle qui pour l'instant passe les vitesses. Je prie pour qu'une catastrophe survienne. Qu'elle soit surnaturelle et incontrôlable, capable d'occuper tous les journaux télévisés du pays pendant des semaines, qu'il tombe des trombes d'eau et qu'on reste prisonniers de la voiture. Voilà, j'attends mon déluge. Un vrai petit connard.

On arrive en centre-ville quand je me décide enfin à avouer pour ma colle, Maman pourquoi Bernard il dit que c'est la guerre ?

Eh merde…

De toute façon elle parle jamais quand elle fait son créneau. Elle tourne la tête et s'arrête juste avant que sa nuque se brise, la bouche à demi ouverte, le bras droit derrière mon appui-tête. Elle reste concentrée et son menton s'avance pour souffler par en dessous une mèche qui lui chatouille le nez. Le moteur fait silence et l'enseigne de la Halle aux Vêtements prend tout le pare-brise. Surprise ! elle dit.

Ma culpabilité croît gentiment. Le magasin est baigné d'une atroce lumière fluo et d'une musique que personne écoute, ni ici ni ailleurs. Une vraie salle d'interrogatoire. Guantanamo s'inspirera de ces techniques un peu plus tard. Tout est si agressif que les achats sont rapides et compulsifs pour pouvoir sortir au plus vite. Au fond du magasin, il y a un rayon destiné aux ados collés pour s'être mouchés sur Sonia.

Moi j'angoisse au milieu de toutes ces fringues. En m'habillant le matin, je me dis que mes tiroirs sont remplis de vêtements dans lesquels je vais peut-être crever. Je suis planté devant ma commode et j'ai peur de m'habiller. Heureusement que maman me gueule dessus, sinon je resterais au lit. Bref, je commence à faire glisser mes doigts sur les portants.

On paye et je ressors du magasin avec un sweat-shirt NY 911, trois paires de chaussettes 40-41, deux T-shirt imprimés fantaisie et une casquette Rock Star.

Quand on remonte dans la voiture, j'ai plus qu'à lui annoncer que je suis collé et ce sera une journée de moins à vivre.

D'édition spéciale en flash info, les journalistes reprennent en boucle la phrase de Bernard. Pour ma part, j'apprends qu'il y a deux tours quand la deuxième s'effondre. Je n'avais encore jamais vu maman avoir peur. Oh dis donc c'est terrible... Elle répète ça à chaque coupure publicitaire. Moi je dis merci aux architectes et aux avionneurs. Merci les Américains et merci les terroristes. Le World Trade-je-sais-pas-quoi est en train de me sauver la vie.

Zéro gloire

La cinquième en sous-régime, maman déclare Ça va être la guerre mon chéri, en s'adressant à tous les chéris du monde.

Là j'ai peur. Une vraie peur d'adulte.

Mélanie

Mélanie avait un médaillon à son poignet pour que personne oublie son prénom. Son père possédait au moins deux cents têtes de bétail. Une des plus grosses exploitations de Cravoux. C'était aussi la fille qui était d'accord pour qu'on la doigte parce qu'il avait bien fallu trouver un sens à ses seins qui étaient apparus comme ça, du jour au lendemain. Mélanie donnait et les garçons prenaient. Surtout le samedi, dans les chiottes du Diamant Blues ou les gradins du stade de La Fierté.

Jerem arrêtait pas de dire que j'étais qu'un sale puceau et que si je voulais sortir avec Sonia il faudrait que je m'entraîne. On a garé la mob devant chez Mélanie et on est entrés comme si c'était chez nous. On s'est vautrés sur les gros canapés marron. Dans la vitrine du vaisselier,

Papy-Mamy souriaient dans leur cadre en bois. Derrière eux la salle des fêtes était pleine, on entendait encore la mère de Mélanie leur crier Cheeeese. Ils avaient l'air de s'être mariés pour vieillir, grossir et prendre cette photo. Après on avait empilé les chaises, rendu les clés de la salle des fêtes et placé Papy-Mamy en maison de retraite. On s'était dit qu'en les mettant là-bas, le temps s'arrêterait, comme pour les aiguillettes de poulet qu'on range au congélateur pour prolonger la date. Mais même à – 20° C, le temps s'arrête pas.

Les heures étaient lentes et sales, ça nous donnait des boutons. Mélanie a fait son entrée et Jerem est sorti bricoler sa mob. Elle s'est coulée sur le canapé dans un grand soupir. L'attitude était surjouée mais fallait pas que ça me tombe tout cru dans la bouche non plus. Papy-Mamy m'ont dit Fonce, espèce de couillon. Je lui ai demandé si elle avait vraiment sucé Jerem dans l'église et elle a baissé les yeux. Je lui ai parlé de mobs, des pots d'échappement qui font gagner 15 km/heure et elle a posé son chewing-gum sur la table basse. Je lui ai demandé si elle portait vraiment des strings. Elle m'a répondu oui et nos bouches se sont emboîtées. Papy-Mamy n'ont rien trouvé à redire.

On comptait les tours et je fermais pas les yeux pour pouvoir témoigner. De dehors on entendait Jerem s'acharner sur le kick de sa mob.

C'était un petit pot de sucre, Mélanie. Son odeur, la couleur de ses vêtements, sa peau, sa langue, son sang. Tout ce sucre, c'était ça le léger bourrelet au bas de son ventre. Je me suis aventuré dans son cou pour détendre un peu ma langue. J'avais envie d'y planter mes dents comme dans de la guimauve. À l'époque, tout le monde disait chamallow mais moi je trouvais ça plus joli, guimauve. J'avais des crampes dans les cuisses alors j'ai fait peser tout mon poids sur Mélanie et je l'ai poussée en arrière. Son ventre s'est aplati et ma main s'est engouffrée dans la brèche. C'était donc ça faire l'amour : soulager une crampe.

Ma main est restée dans cet espace inutile, entre le pantalon et la culotte. J'osais plus bouger. D'un geste un peu brusque elle a saisi mes doigts pour les glisser sous le triangle de tissu synthétique. La peau était lisse et douce, aussi fragile que celle de ses seins qui dépassaient de son top. Mes premières phalanges ont disparu à l'intérieur de la boursouflure. Sur la table basse, son chewing-gum a durci. Je sentais la pulsation du sang dans la pulpe de mes doigts. Comme quand on se coupe. Elle a replié ses jambes sur le canapé et je me suis affalé sur elle. De temps en temps, Mélanie repoussait ma tête avec la paume de sa main. Elle glissait son pouce et son index dans sa bouche et en ressortait un cheveu qu'elle éjectait d'une pichenette avant de me tirer brusquement par la nuque. C'était reparti. Elle respirait de plus en plus fort et ma main s'agitait frénétiquement. Je sais pas exactement ce que je faisais. J'avais plus l'air de chercher désespérément cette foutue piñata qu'autre chose. Toujours est-il que plus j'accélérais, plus sa respiration était saccadée. J'essayais de rentrer un maximum de doigts que j'agitais dans tous les sens.

Dehors Jerem faisait des burns. De la terre giclait de sa roue arrière. Les pneus grognaient dans un nuage de poussière qui s'élevait haut dans le ciel. À tous tourner comme ça, Jerem sur sa mob et nous avec nos langues, la planète a pris de la vitesse. Un violent tremblement s'est emparé de moi et une gerbe de terre s'est écrasée contre la fenêtre de la cuisine : j'étais un bon garçon.

Mélanie m'a proposé du Sopalin que j'ai refusé.

Si elle m'avait dit Je t'aime, je pense que j'aurais pu l'aimer. Nous avons parlé un petit peu. Je lui ai demandé si je pouvais l'appeler Sonia et elle m'a dit d'aller me faire foutre. Elle mangeait des bonbons et je lui touchais les seins. Je lui ai dit que Jerem était vraiment un connard de raconter des histoires sur elle. Elle a évoqué ses soirées au Diamant Blues, ses cours au CFA, le goût des capotes à la fraise, et ça m'a carrément coupé l'envie de l'appeler Sonia. Puis Papy-Mamy m'ont demandé de me barrer.

À cheval sur sa mob, Jerem s'entraînait à faire des ronds avec sa clope. Le bureau de tabac offrait une cartouche à qui ferait sept ronds et passerait son poing au milieu. Ça lui faisait des couronnes de fumée et quand il m'a vu, il m'a demandé Alors c'est qui le roi ?

J'ai embrassé Mélanie sur le front. J'ai enfilé mon casque et je me suis assis derrière Jerem. Les seins de Mélanie ont rétréci dans le rétroviseur et l'odeur âcre de son sexe a embaumé toute la route du retour. Les vibrations du moteur entre mes jambes continuaient de me faire bander. Jerem m'a gueulé dessus quand il s'en est aperçu et on est presque tombés dans le fossé tellement il était énervé. Je suis passé devant et la mob décélérait chaque fois que je sentais l'odeur sur ma main droite.

Je suis arrivé au village comme un homme. On s'est garés sur la place de l'église juste à côté du cimetière. Quand j'ai collé ma main sous le nez de Jerem, j'ai compris qu'il avait menti pour son histoire d'église avec Mélanie. Il m'a demandé s'il pouvait la sentir encore, et c'est là que je lui ai dit 180. On avait fait 180 tours de langues sans s'arrêter.

En orbite

Je me suis dit qu'une manif, Martin, ça lui changerait les idées. On se pointe avec des bières dans les poches et un peu d'herbe dans les chaussettes. On rejoint le mouvement avec nos gueules de ravis de la crèche et on décapsule en matant les filles. On balance des Allez vous faire foutre ou des CRS-SS. Ça libère de la joie. On arpente la ville en meute, on se frotte aux carapaces des bleus pour se prouver que rien nous résiste. On a la vue qui se trouble à cause de la fumée de nos joints et des gaz. On pleure de joie et de douleur.

La grosse majorité des manifestants gueulent contre la nouvelle prison, mais nous on crie parce qu'on nous répond pas. Les bars, les salles de concerts, la CAF. On pose pas des questions compliquées mais je sais toujours pas si le Café des Arts a écouté nos maquettes ni combien je vais toucher d'APL. Je me déplace, je dis Bonjour monsieur ou Bonjour madame, je présente ma musique et la CAF finit par me réclamer de l'argent.

On écoute les sommations. Quand l'essaim de CRS fonce sur nous, dards en avant, on s'écarte. On se retrouve coincés dans des angles morts avec des inconnus. On se met en boule en espérant que des moins rapides se prennent les coups à notre place. On se réfugie dans des cours d'immeuble où des gens nous demandent de dégager. On est cinq ou six poissons perdus, on se regarde, on se demande si ça va et on replonge dans l'océan lacrymal.

Je rattrape Martin à la supérette pour recharger. On siffle le maximum de bières possible et la BAC arrive en renfort. Ils sortent de leurs bagnoles qui roulent encore et tapent sans réfléchir. Les Flash-Ball défoncent une vitrine et la foule éclate d'un rire féroce. Tout d'un coup, je sens quelque chose qui me tire vers le bas. Martin s'est pris un coup derrière la tête. Je l'aide à se remettre debout et je crois reconnaître la silhouette d'Assia en arrière-plan. Je fais le point et oui, c'est bien elle. À côté des poubelles éventrées et des cartouches de lacrymo, je la reconnais à cette manière qu'elle a de regarder la scène légèrement en retrait. Martin dit J'préfère rentrer et je cours aussitôt vers elle. Je me trouve un peu bête à courir comme ça, mais comme je suis saoul, je continue et je m'arrête un peu trop près.

T'es en train de faire l'inventaire ? Je dis ça tout fier mais Assia me fixe sans réagir. J'ai les yeux qui basculent d'avant en arrière, Je crois que ça te ferait du bien une petite promenade Aurélien... Faut que tu manges pour éponger.

À l'intérieur du McDo, ça ressemble au G7. Un monde ouaté où tout le monde laisse ses problèmes dehors. En ville ça cogne, ici ça bouffe peinard.

Les types de l'équipe de jour nous regardent approcher du comptoir et dans leurs yeux naît l'excitation silencieuse du menu potin qui demande qu'à grossir. Harry & la manageuse, les mecs jubilent. Ils nous offrent un cheese et 10 % sur le menu Best Of, c'est toujours ça de pris. Assia m'invite et fait son code sans pression particulière. Je bloque là-dessus parce que moi, quand je glisse ma carte bleue dans un lecteur, j'ai l'impression que la terre s'ouvre sous mes pieds. Je lui dis Viens il faut que je te montre quelque chose et sa carte répond Validé.

Sur le toit du GIFI, c'est comme s'extraire en seulement quatre mètres de toute la merde qui colle aux semelles. On regarde les autres trimer au drive pendant que le Coca ronge l'émail de nos sourires. Je parle de ce que je vois avec Patrick et les autres. Je raconte les anecdotes les plus drôles, celles que je retravaille à voix haute dans ma voiture pour faire marrer mon petit monde. Mes histoires de macchabées sont si drôles qu'Assia commence à se dire que c'est pas si terrible alors j'insiste,

— Si si c'est terrible. Mais je me sens utile. Même si les gens me détestent quand je viens chez eux, au moins on me regarde. Et puis personne veut mettre ses mains là où on les met. La dernière fois il a fallu enfiler le cercueil par la petite trappe du caveau. Ça rentrait pas, alors je suis passé en premier pour tirer le machin de l'intérieur. Tu te rends compte ? J'étais à l'intérieur du caveau ! C'était le Vietnam mais je crois que j'étais fier.

— Et tu penses que tu vas tenir longtemps ?

— Ça, j'en sais rien. Ce qui compte, c'est que j'arrive à écrire mes trucs.

J'hésite à lui parler des rêves que je fais du petit Kevin avec ses petits trous mais ça servirait à rien de raconter ça.

La file du drive n'en finit plus et les voitures s'entassent à nos pieds. De notre point de vue, c'est juste des crânes et des appuie-tête qui jettent des emballages de sandwichs.

Avec Assia on regarde le peu d'étoiles qui sont plus fortes que toutes nos lumières de supermarché. C'est doux et le moteur de la clim s'arrête enfin. Ça fait un vide immense et plus rien ne tremble, sauf ma main.

Tu sais Aurélien, je crois que si on veut vraiment changer de vie, faut changer de ville. Sa voix ricoche un peu partout et soudain la Terre est ronde. Je me balade en orbite. De là-haut on voit plus que nous et la muraille de Chine. Assia continue de parler et je fais des galipettes, je croise des satellites. Y a plus personne et je respire l'air pur de mon scaphandre, rien n'est sale, ça fait du bien.

Je flotte, je flotte, je flotte.

De plus en plus loin
et de plus

en plus
petit…
Jusqu'à ce qu'une météorite m'arrive en pleine gueule.

La canette de bière tombe à mes pieds et je me lève aussitôt. Il y a trois types en bas qui sont contents de leur connerie. On les entend courir sur le parking en rigolant. Je me laisse glisser le long de l'échelle et l'alcool me fait croire que je peux boxer. Viens là, fils de pute !

Le mec me prend au mot. Il court vers moi et l'instant d'après, j'ai son front dans le nez, par en dessous pour bien me buter. Je chiale tout ce que je peux et je prie le Bon Dieu pour qu'ils crèvent sur la route.

Assia s'approche doucement pour tenter d'éteindre le cercle de feu autour de ma tête. Ses mains se posent sur mon crâne. La colère s'étouffe. On ramasse les cendres et elle me traîne jusqu'à sa voiture. Ses cheveux noirs balayent mon visage quand elle m'attache, ça finit de m'éteindre complètement. La voiture se met à trembler et le parking tourne autour de nous. Je laisse tous les réverbères de la rocade me gifler en rafales sur un kilomètre. Assia tourne à droite, ma tête se décolle de la vitre. Et voilà… Tu veux que je t'aide à descendre ?

Je vois mon nez dans le rétro et Harry Potter a enfin une gueule de mec qui fait peur. Non non, ça va merci.

Je défais ma ceinture de sécurité et au lieu de la remercier encore, je m'avance vers elle avec mon pif en vrac pour lui offrir ma bouche. Du plat de la main elle détourne mon visage sans me juger.

Je lui fais un petit signe un peu merdeux en refermant la porte de chez moi et elle s'enfonce dans la nuit avec mon baiser qui flotte dans l'habitacle. Elle l'attrapera si elle veut. Moi je vais me coucher avec mon sang qui donne des coups de marteau dans mon nez et l'image de sa main qui dit non.

Permanente

On s'est retrouvés au bord de la rivière pour fêter les résultats du brevet tous ensemble. Avec les mecs on a sauté du pont en caleçon-baskets en hurlant des trucs inaudibles, et puis on s'est laissé sécher au soleil sur les gros cailloux gris. J'aurais bien sauté dans les bras de Sonia mais on avait dû s'échanger trois bonjour et un merci depuis cette histoire de mouchoir. J'avais juste le droit de toucher avec les yeux. Son collier en pâte Fimo roulait au creux de ses seins et de temps en temps, elle prenait une perle entre ses dents pour la faire tourner avec sa langue. J'ai contracté mes abdos jusqu'à ce que la nuit nous fasse tous égaux et Yoyo a roulé un joint avec le shit de son couz. Dans ma tête, la voix de maman qui disait Je t'interdis de fumer de l'herbe est tombée en cendres quand j'ai tiré dessus.

On a fait sortir du feu de dessous la terre. Enfin avec le shit du couz, ça donnait vraiment cette impression-là. Tout le monde était surexcité et ça gueulait dans tous les sens.

Moi de fêter le brevet ça me rappelait Noël. Au début c'était beau, je les regardais tous s'amuser. Et puis une grande tristesse m'a poussé jusqu'au bord de l'eau, sans que je m'interdise de m'y laisser couler. Personne m'a vu m'éloigner. J'observais les autres comme si j'avais jamais existé. Je me disais que ça ressemblerait à ça la vie sans moi, tout pareil. Mais sans moi.

Ils ont jeté leurs bulletins de notes et leurs carnets de correspondance au feu, ça faisait des flammes vertes et bleues comme les papiers cadeau qu'on brûle.

J'avais forcé le destin aux épreuves du brevet. J'étais passé juste juste mais j'étais passé. J'étais le seul à entrer en seconde générale. Jerem, il préférait s'acheter une 125. Ça l'emmènerait pas beaucoup plus loin mais il arriverait un peu plus vite que nous aux soirées. Sonia elle, c'était différent. Elle voulait gagner de l'argent rapidement pour pas fumer des roulées toute sa vie. Le conseiller d'orientation lui avait proposé coiffure et elle avait signé en bas à droite. Démêler des nœuds et couper tout ce qui dépasse…

Je réfléchissais à ça quand j'ai entendu Jerem crier Harry ! Harry ! T'es où Harry !

Je suis là ! Et je lui ai vendu une clope. J'ai laissé un silence long de quatre ou cinq lattes.

— Jerem, je peux te dire un truc que j'ai jamais raconté à personne ?

— Ben ouais vas-y.

— Tu sais, j'crois qu'un jour je serai célèbre.

J'ai dit ça comme ça, pour me livrer, et cet enfoiré s'est presque étouffé avec son rire qui voulait pas sortir, j'ai dû lui rembourser la clope.

Ça a été au tour de Yoyo de se pointer :

— Les gars les gars ! Il faut que je vous montre un truc ! Approche ta bouche, Harry…

— Ok, mais arrête de m'appeler Harry putain !

— Moi je souffle, et toi t'aspires.

Il a avalé le joint et posé ses deux mains autour de nos bouches presque collées. Ça m'a fait comme une balle entre les deux yeux. J'ai juste eu le temps de voir Sonia embrasser le couz de Yoyo à travers les flammes et je suis tombé en arrière. Les étoiles flottaient dans ma bouche et Jerem s'est levé. Mon corps était trop lourd mais j'aurais bien frappé ce connard qui s'est mis à m'imiter, Je m'appelle Harry et je veux être une star ! Ahahah ! J'm'appelle Harry et je chante comme une tafiolle !

J'ai fermé les yeux et j'ai coupé le son. J'ai vu qu'à la rentrée, mon nouveau Jerem s'appellerait Martin, qu'on se retrouverait sur le parking du lycée avec du mousseux à 80 centimes, qu'on ferait de la guitare dans la rue en attendant de faire l'Olympia, qu'on se couperait les cheveux dans les chiottes du Leclerc et qu'en 1re, on apprendrait que Jim Morrison est mort le 03/07/1971 et vu que Martin est né un 3 et moi un 7, alors la gloire serait annoncée.

Au petit matin, le feu était reparti sous terre et on a rassemblé nos cheveux gras sans se dire au revoir.

Trois ans plus tard, la cloche électronique de chez Coiff' Mod' a fait cui-cui quand j'ai poussé la porte.

Je me suis installé sur la banquette avec un vieux *Paris Match* et j'ai fait défiler toutes ces stars qui me connaissaient pas encore.

Allez mon grand, c'est à toi ! Dis donc, ça pousse ça pousse ! Et pas que les cheveux ! J'ai fait semblant de rire à la vanne de Rico et on a passé la blouse par-devant, par-derrière, puis par-devant.

Ça fait un bout de temps qu'on t'a pas vu ici ! Ben dis donc, qui c'est qui t'a fait une coupe pareille ? Il a tourné ma tronche devant le miroir et Sonia est sortie du labo avec un nuage de vraie clope au-dessus de l'épaule. J'ai trouvé qu'elle avait drôlement grandi et je me suis demandé à partir de quand on disait vieilli. Hormis le Salut Auré, elle s'enveloppait d'un silence très pro. À côté j'avais l'air d'un gamin avec mon jean troué et ma paire de Converse. Elle a chassé la fumée d'un revers de main et s'est installée derrière son bac. Le dos de sa main dans la fumée, même ça c'était digne de quelqu'un qui se paye son essence toute seule. Rico m'a donné quelques coups de ciseaux avant de me coller au shampoing et comme c'était lui le patron, il parlait à la place de Sonia, Ça va ? Pas trop chaud ? en flanquant des petites pichenettes dans le jet.

Moi je voyais Sonia par en dessous et je lui parlais dans ma tête, Je savais pas que tu bossais chez Rico. Ça va ? Ça te plaît ?

— Rajoute un peu d'eau froide, ma Soso. Tiède. Voilà. C'est bien. Et alors sinon, comment ça va au bahut ?

— Ben ça va. C'était le bac la semaine dernière.

Putain mais Sonia, tu peux pas rester là !

— Oh oh, enfin la grande vie ! Tu nous l'as fais avec mention ? Tu t'en vas à la fac après ?

— Non non. Je prends une coloc avec un pote. À Poitiers. Pour monter un groupe.

— Ah la jeunesse… C'est beau les artistes ! Et comment va la maman ?

Rico a pris son tour de clope sans attendre la réponse et Sonia a coupé l'eau. Elle m'a pas demandé ce que je faisais comme musique mais elle m'a fait mousser quand même, avant de rincer tout ça.

Le fauteuil s'est glissé sous mon petit cul de pop star. Dans le miroir je regardais que moi parce que je savais pas quoi lui dire. J'étais venu exprès pour voir ce qu'elle devenait mais maintenant que j'étais entre ses mains, je me sentais un peu con avec mon grand corps tout maigre et tout raide qui prenait toute la place. Je me disais qu'elle devait me trouver gland et que c'est pour ça qu'on parlait pas, qu'elle savait que j'étais là pour elle parce qu'elle lisait dans mes pensées, et que je la trouvais toujours aussi... Sonia a stoppé net mon gros délire.

— Y a Yoyo qui fait une teuf dans quinze jours. Tu viens ?

— Ah... euh, oui carrément. Ça fera trop plaisir de revoir tout le monde.

Le peigne s'est planté dans la masse châtain et des sillons se sont creusés sur ma tête. Bien parallèles. Des petites routes sans virage où on roule en s'embrassant les yeux fermés pour se donner du frisson en fin de soirée.

Tricolore

Bien, mesdames et messieurs, l'agent en charge de la pose des scellés va bientôt procéder à la pose des scellés. Patrick se répète quand il fait gaffe à la syntaxe. C'est confus mais les gens comprennent.

On s'est retrouvés à l'agence une heure plus tôt. Il m'a demandé si j'avais le nez pété et j'ai dit que ça allait passer. On est descendus à la cave agrafer le capiton et puis on a chargé le cercueil dans le corbi. On a attendu qu'Hervé revienne en courant avec la plaque nominative à coller sur le couvercle en arrivant au funérarium. Il a ouvert la portière tout essoufflé et déchargé son flot d'insultes sur Jeannot. C'est systématique chez Hervé, la faute vient des autres. Patrick s'est retourné et a dit Ta gueule

Hervé, ou Ferme-la. J'étais en train de penser aux bars que je dois relancer pour les concerts alors j'ai pas tout retenu.

Au funérarium ça sent encore l'alcool dans le cercueil. J'ai cru que c'était Jeannot pour l'odeur, mais non. Hervé nous raconte que le mec s'est pendu au lustre et qu'il y avait des bouteilles de whisky un peu partout. Je me demande quel genre de lustre peut supporter tout ce poids, puis vient le moment où Patrick joint ses deux mains très sèches. Il les frotte l'une contre l'autre, se penche en avant, et avec une extrême componction, Nous allons donc procéder à la fermeture du cercueil d'ici quelques instants. Je vous invite à vous avancer afin de procéder au dernier au revoir. Pour ceux qui ne souhaiteraient pas y assister, un salon est mis à votre disposition juste à l'entrée du funérarium. Voilà, si vous voulez bien vous donner la peine…

C'est du par cœur. Tout est nickel. Ses paroles sont accompagnées d'un balayage complet de la main droite sur la longueur du cercueil. Ça pose le cadre et ça rassure.

Quelques amis et l'ex-femme du défunt sont là. L'ex-femme insiste pour qu'on attende le fiston. Elle porte un châle mauve et noir qu'elle agite dans tous les sens. Il y a longtemps, cette femme était abonnée à France Loisir et lisait beaucoup. Maintenant elle fume et reproche au père de son enfant de s'être accroché au lustre. Elle glisse une photo imprimée sur une feuille A4. C'était la fin de la cartouche. Les corps sont en couleurs et les visages en noir et blanc. Elle lui donne un baiser sur le front et lui demande pardon. Je la pardonne.

On attend donc l'arrivée du fiston et Si tout le monde est toujours en retard comme ça, faut pas s'étonner que les mecs ils boivent.

Merci Hervé.

Voilà, nous allons procéder à la fermeture du cercueil. Patrick nous regarde, Messieurs s'il vous plaît… et il fait tomber sa tête en avant très doucement.

Avec Hervé on saisit le couvercle, on le met à l'horizontale, juste au-dessus. Tout se fait par étapes et en douceur. On fait la nuit sur le corps du gars et les gens craquent. Moi, de voir tout le monde chialer comme ça, ça me met les larmes aussi, alors je mise sur le fait qu'on s'en fout d'Harry Potter.

Hervé tend le vilebrequin à Jeannot et pose une vis sur chaque trou. Je lui emboîte le pas et je maintiens la vis tandis que Jeannot tourne comme un malade. Il est pas bien malin, Jeannot. Et quand il est stressé, c'est un bœuf. Encore plus quand il a bu autant que ce matin. Il tourne le vilebrequin comme un chien et j'entends le bois qui craque. Il se recule et Merde, elle est pas droite. Oui, j'avais compris, Jeannot. Je lui dis de tourner dans l'autre sens mais non, il panique et il force carrément. Ça craque. Ça s'entend. Tout le monde s'arrête de pleurer. Hervé s'énerve et lui arrache l'outil des mains. On enchaîne.

L'agent pose les scellés et on laisse la famille se recueillir. On est là, tous les quatre derrière la porte, en position de repos, la tête penchée et les mains croisées sur les couilles. Pour une fois que personne parle, c'est agréable. Comme des pros, je pense.

Et puis soudain une certaine agitation monte du salon. On jurerait que le mort s'est réveillé tellement ça gueule. On nous appelle et j'ouvre la porte. L'ex-femme me tombe dessus en criant que c'est un scandale. Elle parlera qu'à Patrick et veut savoir où est passé ce connard. Hervé veut s'interposer mais elle lui coupe la chique en désignant le cercueil. Et c'est vrai qu'à bien y réfléchir, il y a très peu de chances pour que cet homme s'appelle *Lucette Almans 1921-2007*. Patrick me glisse Vas-y mon Harry et je m'exécute. Je ramène le corbi contre la porte de derrière et on charge pendant qu'il tempère.

Dans ces cas-là, Patrick sait qu'il peut compter sur moi. Je crois qu'il m'aime mieux que bien. Il me traîne carrément chez sa fille de temps en temps. On arrive, il s'allume une clope et je garde un œil sur le camion. Il prend son petit café et au bout de cinq minutes il dit Viens mon Harry. Je veux pas le contrarier alors je goûte le café soluble et c'est tout.

Il a tellement confiance qu'on s'occupe du tricolore ensemble. Il me dit Tiens, prends à gauche, il faut que je dépose le tricolore. Je mets mon clignotant, je contrôle mon rétro et je m'engage sur le parking du Géant Casino. Je me gare devant chez Bel & Blanc et je le regarde pousser la porte avec son drapeau sous le bras.

La dame a dans les cinquante-cinq ans. Comme lui. Elle est plutôt bien conservée et la french manucure fait pas mal d'effet à Patrick. Elle écrit sur un post-it « Je reviens dans quelques minutes » et ils disparaissent derrière le comptoir.

J'attends trois bons quarts d'heure. J'en profite pour me rouler des clopes d'avance et parfois, j'ai envie de les rejoindre. Je me dis qu'une vieille et un croque-mort dans un pressing, d'autres en feraient un film. Finalement je reste dans le camion, j'écoute la FM et je me demande ce que ça fait de s'entendre à la radio. Je tapote le volant, la vie s'écoule tranquillement. Des mamans passent avec leurs enfants et secouent la porte avant de lire le petit mot. Patrick revient la bouche en cœur et sûrement du rouge à lèvres sur la bite. Le tricolore est repassé.

Au cimetière c'est pire que tout, l'ex-femme s'est calmée, mais Jeannot se vautre dans les glaïeuls. Je me planque avec lui derrière le corbi pour nettoyer son futal. Je vide l'eau des fleurs sur un paquet de mouchoirs mais la terre et la merde, y a rien à faire, ça se mélange.

Depuis la fosse, Patrick me fait des grands signes désespérés. J'accours et deux minutes plus tard, il jette l'emballage des piles neuves par terre. En avant la musique ! Dans le lecteur CD, des mecs font grincer leurs cordes tandis qu'on passe les nôtres dans les poignées du cercueil.

Avec tout ce bordel, on peut se le mettre au cul notre pourliche. Signé Hervé.

Sur le chemin du retour, Jeannot cuve son humiliation et songe à se pendre lui aussi. Il regarde par la fenêtre en pensant que la canalisation au-dessus des toilettes tiendrait le coup. Et puis l'idée est vite chassée par une autre. Patrick lui demande s'il pourrait acheter des piles au PMU et Jeannot peut pas dire non. Et tiens, tant qu'à passer au PMU, autant y boire un petit coup.

Fantôme

Devant la feuille qui annonçait les résultats, on s'est pris dans les bras avec Martin et je lui ai filé l'adresse pour la fête chez Yoyo. J'ai appelé maman pour lui dire que j'avais le bac et elle m'a dit Tu veux quand même pas que je te félicite ? Va falloir te trouver du taf maintenant, et ça tu l'auras pas au rattrapage.

Là-dessus j'ai raccroché et Martin m'a dit À ce soir mon pote.

L'odeur des clopes avait changé avec l'été. Une odeur sucrée. Comme la terre avec la pluie. Je savais que ça portait un nom mais je retrouvais pas.

La route était molle et chaude, le goudron collait aux pneus de mon vélo. Des chiens aboyaient sur mon passage et des lumières automatiques s'allumaient aux perrons des maisons. Les clebs pouvaient bien se donner du mal, ça empêcherait pas la nuit de tomber.

En arrivant chez Yoyo, j'ai jeté mon vélo sur la clôture et *pétrichor* ! C'était ça l'odeur de la pluie. J'ai noté le mot dans mon carnet. Toutes les fenêtres étaient ouvertes et j'ai aperçu Yoyo qui roulait de quoi se ramollir le cerveau. On disait qu'il était à niveau parce qu'il habitait l'ancienne maison de garde-barrière et qu'il était toujours équipé en shit.

Je suis entré dans la cuisine et je me suis laissé tomber sur une chaise.

— Hey mais c'est ce bon vieux Harry ! Ça faisait longtemps mon gars !

— Ça va mon Yoyo ?

— Yes ! Y a ton pote Martin qu'est déjà là. Il est dans la grange avec les autres si tu veux.

De la cuisine, on les entendait taper sur les djembés et pousser des cris d'animaux dans les didgeridoos depuis « le Paradis ». Yoyo avait gravé ça sur un morceau de bois juste au-dessus de la porte de la grange. De l'artisanat de tranchée.

Je suis resté avec lui le temps de reprendre mon souffle. Mine de rien, j'avais pédalé comme un malade et mon vélo était trop petit. J'ai vidé ma besace pour participer à l'effort de guerre. Deux canettes de bière 50 cl, un paquet de tabac, deux briquets, des feuilles à rouler et un CD gravé. Une vraie garde à vue.

— Ça se passe comme tu veux ?

— Carrément ! Y a tous les gars du CFA qui sont là. Y en a même qui crachent du feu. C'est des oufs tu vas voir ! Ils ont installé le banc si t'as envie...

Derrière le collant du joint qu'il léchait, ça le faisait marrer Yoyo qu'ils aient installé ce truc. Je me suis levé, Tu me fais tirer steup ?

Au Paradis Jerem était complètement raide. Allongé ou assis, on savait plus très bien. Il sentait la mort à cause du bang qu'il s'était renversé sur le pantalon sans que ça le concerne vraiment. Il était raide quoi.

L'endroit était bien aménagé. Table basse, bougies un peu partout et Martin dans un canapé hypermou. On s'est crié Salut et j'ai enjambé les bougies pour rejoindre le banc. On était une quinzaine là-dedans. Tout le monde s'est bien foutu de ma gueule quand je me suis cramé les poils. Ça sentait le cochon grillé mais j'ai fait semblant de rien en m'asseyant. Quelqu'un m'aide ?

Jerem a eu la force de dire Pas moi. Hilarité générale. J'ai insisté pour que quelqu'un vienne m'aider et des mecs se sont approchés. Je me suis allongé et j'ai fermé les yeux. Ce n'était qu'un dernier été à tuer. Je voulais sentir le goulot bien profond dans ma gorge. Avoir mal. Et donc ils ont entravé mes bras avec des sangles, posé la clochette à côté de mon pied et descendu l'entonnoir à vache dans ma bouche. Chacun a ouvert une bouteille. Vin, bière, Manzana, gnôle, tout s'est bien mélangé. J'aurais bu de l'essence si j'avais pas été certain d'y rester. Le doute ça m'excitait.

D'une seule voix, l'assemblée a crié Bois ! Bois ! Bois ! et je crois que j'avais envie de me noyer. Ça coulait et ma gorge se serrait. J'ai senti une chaleur intense et mes yeux s'expulser de leurs orbites. Le corps a repris vie d'un seul coup. C'était un bras qui sortait de mes tripes et qui déchirait tout le décor. Je comprenais enfin pourquoi les chiens crient la nuit. J'avalais tout ce que je pouvais mais ça débordait. Je faisais des provisions de vie à m'en faire gerber. Martin criait Et glou et glou et glou. Ça sortait par le nez et les oreilles. J'ai commencé à pleurer pleurer pleurer. Ça riait, ça gueulait tout autour et moi je pensais Enfoncez-moi le goulot plus profond ! Plus profond ! Plus profond ! C'était du porno, de l'animal, de la torture ! C'était génial mais stop !

J'ai donné des coups de pied dans la clochette jusqu'à ce qu'ils comprennent que c'était trop. Ils m'ont basculé sur le côté et je me suis enfoncé dans un coma d'une bonne heure.

Quand je me suis réveillé, j'avais vomi et tout le monde s'amusait à me rouler des pelles. Jerem et Yoyo étaient passés à l'Eau écarlate. Apparemment, la dernière fois ça s'était fini à la 22 chez Jerem, alors plus personne faisait de soirée là-bas. Mais je juge pas, l'Eau écarlate elle vous prend par la main et vous laisse au milieu du bois. C'est comme ça.

Donc je me suis relevé d'un seul coup et ma tête m'a suivi un peu après. Je sais pas comment, mais j'ai réussi à me traîner jusqu'au buisson, près du ballast.

— Hey doucement, Harry ! Tu vas me pisser dessus !

— Sonia ! Trop bien que tu sois là !

Je suis redevenu sobre à la seconde et on s'est retrouvés vite fait dans l'herbe. Elle a ramené ses talons jusqu'aux fesses pour poser la tête sur ses genoux. Ça faisait plein de place dans son dos sans que j'ose y glisser mon bras pour autant. On regardait la voie ferrée qui n'avait plus de destination. Le monde avait fini de s'étendre ou ne s'était peut-être jamais étendu. La voie était inerte, sans début et sans fin. Pas moyen de s'échapper.

Sonia m'a parlé de la proposition que lui faisait Rico de s'associer. Je lui ai dit qu'elle pourrait aussi envisager de coiffer le président ou les mecs de la télé. Elle s'est marrée et j'ai fait semblant de plaisanter. Elle m'a demandé où j'allais m'installer et j'ai dit Poitiers, en attendant mieux.

La lune était aussi ronde que le soleil et on a trouvé ça joli.

— Y a presqu'autant de lumière qu'en plein jour, t'as vu ?

— Oui mais sans les couleurs, j'ai dit.

Quand on parlait il n'y avait pas d'écho, les mots restaient sur nos lèvres. Ça nous semblait dingue que les dinosaures aient vu la même lune que nous. C'est là que j'ai su qu'on allait s'embrasser parce que ça n'avait pas de sens de continuer à parler des dinosaures, le cul dans les chardons. Et j'ai lancé en toute conscience Tu sais comment ça s'appelle l'odeur de la pluie ?

Là on a entendu un grand VLAN ! et on s'est retournés. C'était Martin qui venait de claquer la porte du Paradis.

Viens mon pote, on va faire un groupe toi et moi ! Il a dit ça tellement fort qu'il a gerbé à son tour.

Ouais carrément mec ! Et j'ai embrassé Sonia. Je l'ai serrée tendrement et je suis allé nous dégoter deux bières pour relancer la soirée. Au Paradis j'ai cherché Jerem pour lui dire Ça y est je vais niquer avec Sonia. Il était allongé au fond, à n'être déjà plus de ce monde. Sa bouche avalait tout ce que les autres versaient dedans. Martin m'a dépanné d'une capote.

Je suis revenu me blottir dans les bras de Sonia. Ses baisers, c'était comme avaler quelqu'un. J'essayais de me calmer mais elle plaquait mes mains sur sa poitrine phosphorescente à cause de la nuit éclairée. Ça s'emballait à chaque baiser. J'avais peur de la mention XL sur l'emballage de la capote, peur de jouir trop tôt, peur qu'elle me sente pas et je me disais ok ça se passe bien, au pire je lui lèche la chatte, je peux pas trop me planter avec ça.

Elle a enlevé mon T-shirt et j'ai fait comme elle. On a continué ce jeu de miroirs jusqu'à se retrouver nus et plus rien ne nous griffait, ni les chardons ni la terre. J'ai pris son visage entre mes mains pour bien fixer le moment, avec tous les jolis détails que je continue de voir quand je ferme les yeux. Et c'est la meilleure idée que j'ai eue parce que je n'ai pas pu aller à la soirée d'après.

Woodstock

Ferme-la !

Je mets du temps à comprendre ce qu'il veut dire par Ferme-la ! En fait il veut simplement que je lui ferme la bouche. Je suis médusé. Patrick me répète Ferme-la tandis que je regarde le corps, avec des yeux tout ronds. J'enfile un gant, je pousse le menton vers le haut et le chariot se met à rouler. Bon, j'enfile un deuxième gant, j'enclenche les freins et je me positionne derrière la tête. Ça fait deux jours qu'il garde la bouche ouverte alors c'est raide comme la grippe. Hervé se plante toujours dans les expressions mais celle-ci, je l'aime bien.

Mais force Bon Dieu ! me dit Patrick.

Je croise les mains, je m'accroche au menton et je bascule tout mon poids en arrière, comme au tir à la corde, et je manque de tomber sur le cul.

Bon allez, on arrête ça, dit Patrick.

Il faut encore l'habiller et Jeannot fait la gueule. Hervé, lui, ça le fait marrer d'habiller les macchabées. Il ouvre la housse jusqu'aux pieds et prend le pantalon. Avec Patrick ils soulèvent les jambes mais de le voir comme ça, bouger presque d'un seul bloc avec les couilles qui pendent, c'est vraiment trop dégueulasse. Jeannot commence à tourner de l'œil et Patrick est à deux doigts d'écorner son image de chef, même s'il montre rien. Il se donne bonne conscience en prenant soin de bien plier les fringues avant de les abandonner sur les jambes du mec. Et comme ce mec, personne n'a jamais voulu le voir ni de son vivant, ni de sa mort, on le laisse dans la housse et on le met comme ça dans la boîte. On ferme, la police pose les scellés, et voilà. Il part comme il est arrivé, à poil et la bouche ouverte, dans un grand feu de joie. On dirait Woodstock.

Grandes choses

Comme j'étais pas à la soirée d'après, Jerem a raccompagné Sonia chez elle en se disant qu'il pourrait se déposer chez elle aussi.

Le lendemain, Yoyo m'a laissé un message pour me dire qu'ils avaient attrapé un accident. Je suis resté bloqué sur « attrapé » même si la suite disait Sonia est morte, mec. Jerem a été tué sur le coup, mais pour Sonia ils ont dû lui retirer le cœur et tout ça.

C'est Yoyo qui a prévenu tout le monde et pendant ce temps, les câbles un peu trop grands entre les poteaux téléphoniques, ça faisait comme des sourires dans le vent.

Il a fallu que j'annonce la nouvelle à maman pour vraiment réaliser. J'ai annoncé ça plus comme un fait divers, sans oser lui dire le mal que ça me faisait et qu'au téléphone j'étais resté comme un con, avec la voix d'ordinateur qui me demandait si je voulais supprimer le message alors qu'à l'intérieur de mon corps, j'étais tombé à genoux. Elle a dit Oh mince, les pauvres parents, et elle a rallumé l'aspirateur.

Ensuite j'ai eu un mal de crâne hors norme. Comme quand j'essaie d'imaginer l'univers trop longtemps et qu'on me dit que c'est encore plus grand que ça. Pour Sonia et Jerem, il y aura pas eu de maladie, pas de maison de retraite, pas d'ordre des choses. Juste un tracteur dans un virage.

J'ai repensé à quand on faisait glisser nos doigts sur le calendrier avec Jerem pour trouver la date où on allait crever. On se disait qu'on avait déjà vécu le jour fatidique plusieurs fois sans le savoir, et on arrivait plus à dormir.

Les corps ont été exposés côte à côte au funérarium de La Fierté. Il y avait la queue pour les voir, comme dans les westerns. J'ai pas osé y aller.

Le mercredi d'après, il y a eu deux enterrements le même jour. À Cravoux, quand ils ont descendu le cercueil de Jerem, sa mère a poussé un tel cri qu'on a cru qu'elle s'enterrait avec. Du côté de La Fierté, le grand frère de Sonia a dit que ça aurait dû être lui le premier à partir. Le père et la mère pleuraient tous les deux sans faire de bruit. J'ai pensé que c'était parce qu'ils croyaient en Dieu.

Quand les trous ont été rebouchés, il est resté l'équivalent de Jerem et Sonia en terre. À Cravoux, cet enfoiré de Jacquot a pris un malin plaisir à l'étaler dans ses bacs pour planter des fleurs.

En rentrant du cimetière, la mère de Jerem a vidé la bouteille de whisky sans refaire le niveau. Les parents de Sonia-est-morte-mec ne sont plus allés chez le coiffeur pendant plusieurs mois. Personne en parlait mais ça se voyait.

De mon côté, maman m'a pas lâché pour que je trouve du taf avant de m'installer à Poitiers. Elle a coécrit les lettres où je disais que j'étais motivé pour les frites et que je serais à l'heure. Papa m'a déposé devant tous les restos de Poitiers en espérant que j'aie bon aux questions des recruteurs, et quand j'ai eu la réponse de McDo, j'ai négocié pour mettre la télé de la cuisine dans ma chambre jusqu'à la fin de l'été. J'avais juste à lui brancher un cintre au cul pour capter. Ça m'a fait de la compagnie et j'ai mieux compris les vieux dans leurs grandes maisons carrelées qui résonnent. Je chopais les redifs d'Ardisson le dimanche soir, j'avais le Tout-Paris dans mon lit et on buvait du champagne en se racontant les potins.

Martin aussi était présent aux enterrements. Il était pas obligé parce que finalement, il les avait vus qu'une fois, Jerem et Sonia. Quand la dernière église s'était vidée, il était resté avec moi en bordure du grand couloir de lumière pour m'aider à ramasser les pleurs un peu partout et à me barbouiller avec. Ça nous a drôlement rapprochés et je l'ai invité chez Ardisson tous les week-ends. On feuilletait les annonces de maisons à louer pour la rentrée et de temps en temps, on dormait à la belle étoile. On allumait un feu, on se foutait à poil avec nos guitares et les flammes agitaient nos ombres émaciées. Un soir, la mienne s'est levée sur Martin. Elle a pris son bras en le fixant bien droit dans les yeux, Mon gars, on va faire de grandes choses toi et moi, et je lui ai écrasé ma clope sur le bras.

Il m'a rendu la promesse et on s'est endormis, le bras brûlé et le cœur soulagé.

Du bout des cils

Je profite d'être seul avec Patrick pour lui demander si c'est lui qui a ramassé Sonia et Jerem. Je lui dis pas ça comme ça. Je demande s'il a entendu parler d'un accident de moto du côté de La Fierté avec deux jeunes. Sur le coup ça lui dit rien mais quand je lui parle du tracteur qui a déboulé sans prévenir et de l'hélicoptère du SAMU :

— Ah oui ! Je crois que c'est Roc Eclerc qui les a faits ceux-là. Apparemment le gamin il était debout dans les ronces… les yeux fermés comme si qu'il dormait.

— Putain c'est chaud…

Je trouve rien de plus à dire. J'ose pas demander s'ils ont eu mal ou ce qu'ils ont pu dire juste avant. De toute façon il a pas les réponses.

Un faux silence s'installe, le temps que le feu passe au vert. Ce genre de silence où les âmes parlent entre elles et où les bouches hésitent.

— C'est pour ça que t'es là, mon Harry ? Tu veux savoir pour tes copains ?

— Non non, c'était juste comme ça.

Le feu passe au vert. Je retiens une larme du bout des cils.

Aurélien

Patrick me dépose chez moi vers 17 heures. J'écrase jusqu'à 23 heures et je prends mon service à minuit. Quand j'arrive au McDo, tout le monde est rentré chez soi pour chier son Big Mac et ses nuggets. Le lobby se remet de sa journée et les cris d'enfants s'estompent lentement. Le carrelage est jonché de frites et de sauce, quelqu'un a oublié sa casquette sur un plateau, une carte de crédit traîne dans une boîte de potatoes. Assia éteint la musique et le bourdonnement des néons prend le relais. De derrière le comptoir, je contemple cette fin du monde sucrée-salée.

Je me revois, gamin, passer le pas de la porte avec papa, heureux comme jamais qu'il m'emmène ici. En partant j'avais embarqué tous les emballages en polystyrène pour jouer au McDo à la maison. Ça sentait la frite dans toute la baraque. Et puis je sais pas pourquoi mais c'était venu comme ça, au moment d'aller me coucher, ce grand ciel noir qui touche toutes les parties du cœur. Papa avait mis du temps à se rendre compte que je chialais au lieu de dormir.

— J'ai pas envie d'être un grand.

— Je sais Auré... J't'aime.

Il avait éteint la lumière, laissant le temps m'engloutir dans les draps glacés et l'odeur de frite.

La silhouette de Papa se dilue dans les bribes de discussions qui me parviennent. Les friteuses bullent en attendant le coup de feu de 3 heures du mat'. Je redonne un peu de dignité au lobby, je fais des 8 mais le compte à rebours est bloqué.

J'ai plus que les chiottes à cleaner et je me pose pas mal de questions. Par exemple, comment quelqu'un a pu faire tomber son gobelet XL et une couche bébé dans l'urinoir ? Ça sent l'ammoniac et une violente nausée m'étourdit. Je mets les mains dedans et j'improvise, comme Jimi Hendrix. Je me tape un petit solo de pisse et de caca, ça coule un peu sur mes pompes et Assia applaudit. Je l'avais pas entendue entrer et elle reste là, dans l'embrasure de la porte. Hey, Aurélien...

Dans sa bouche, c'est doux Aurélien. Je pensais pas que ça pouvait être joli comme prénom. J'ai l'impression de redécouvrir comment je m'appelle, alors je fais semblant de pas avoir entendu :

— Quoi ?

— Ça va mieux ton nez ?

Là je pense aux voix de Jerem et Sonia. Je me dis qu'elles sont encore intactes. J'ai qu'à les imaginer parler et c'est bon, ils sont là. Il y a des phrases qui fixent le souvenir d'une voix. Pour papa ce sera J't'aime, le jour où il me l'a dit dans l'odeur de frite. Un gros beignet de j't'aime. Je réfléchis à tout ça en deux secondes, pas plus. Patrick dit que je cogite vite et que j'aurais pu faire des trucs avec ma tête.

— À quoi tu penses, petit rêveur ?

— Que j'ai faim.

La porte qui se rabat toute seule finit de pousser Assia à l'intérieur, Enlève tes gants, gros malin...

Je retire mes gants et ses deux mains s'accrochent à ma tête. Ses ongles sur mon cuir chevelu, c'est douloureux mais ça fait du bien de sentir quelque chose. Je la hisse sur le rebord du lavabo. Elle presse mes fesses entre ses jambes comme une orange bien mûre. Je la serre fort. Son cou, sa nuque, son visage, tout ça dans mes paumes. Je colle mon front sur le sien et je dis Assia, Assia... Parfois je pense Sonia mais ma bouche dit Assia. C'est pas méchant, c'est juste que je cherche à cracher. C'est comme un vieux glaire que je m'amuse à faire passer entre mes dents avant de m'en débarrasser. Et là, quand je dis Assia et qu'elle répond Aurélien, je me sens bien dégagé des bronches.

Dans les semaines qui suivent, Assia m'envoie des textos pour savoir si je vais bien. Je fais glisser mon nez dans son cou et quand je rentre du travail, quelqu'un pense à moi. Assia sait tout ce qu'il faut savoir. Elle dit que dans la vie on est obligé de rien, et j'appuie ma bouche entre ses jambes. Un matin elle frappe à la porte de chez moi et demande si je suis prêt. Je réponds que j'ai plus de feuilles pour l'imprimante. Elle éclate de rire et on se retrouve sur la rocade, dans sa petite bagnole qui sent bon la fleur d'oranger. On arrive chez Office Depot et on s'engouffre dans le rayon papier. Des tonnes et des tonnes de CV en suspens, ça nous met carrément la gerbe. On attrape une ramette vite fait avant que la pyramide Clairefontaine nous tombe dessus. Assia glisse mes mains entre ses cuisses. On fait l'amour en plein service et le pousse-mousse automatique se déclenche un aller-retour sur deux. On éclate de rire. Elle me dicte :

Madame, monsieur,

Je soussigné, Aurélien Moreau, ai l'honneur de vous présenter ma démission à compter d'aujourd'hui etc. etc.

Je clique sur imprimer, je glisse ça dans une enveloppe, Assia me saute dans les bras et je lui dis Viens on va chez mes parents.

Quand on approche de Cravoux, je peux tout dire les yeux fermés : le virage à droite pour contourner l'église, le chat qui plonge juste avant qu'on l'écrase, le cimetière qui dit rien mais qui dit tout. On passe une rue, deux rues, on continue, on prend à gauche et c'est la dernière maison avant les champs.

Passé le portail, les parents sont dehors à nous sourire. Ils font comme si ça suffisait d'avoir son jardin et que tout était là, entre nos mains.

On se gare sans grimper sur la pelouse, c'est déjà un bon point. On fait les présentations et papa se complique la vie. Pour lui c'est Aïcha et franchement, Aïcha, elle est bonne pâte avec son grand sourire qui éclipse tout le reste.

On fait le tour du proprio. Le terrain où on jouait de la guitare avec Martin a été vendu et les nouveaux voisins se demandent qui je suis. Je n'existe plus.

Le canapé du salon réceptionne ma chute, les verres deviennent orange et maman sort trois gâteaux. Je dis que tout est parfait, vraiment, et papa pense que j'en fais trop.

Maman raconte ce qui s'est passé à Cravoux, les oiseaux qui sont revenus, ses loisirs créatifs, le gris des nuages et la forme du vent. Elle dit avec son petit air innocent que les parents de Jerem et Sonia s'en remettent pas. Mais si je prends sa phrase et que je soulève bien la peau des mots, il y a son souffle qui chuchote Aurélien fait pas grand-chose de sa vie mais au moins il est vivant. Et comme ça me blesse, mes yeux s'échappent par la fenêtre. Je laisse les parents poser des questions à Aïcha, le temps de me remettre. Ils découvrent que les photos des magazines sont retouchées et que des gens sont payés pour ça. Ils pensaient pas.

Papa demande si ça va au boulot, comme si le McDo c'était un travail. Pour les pompes funèbres, il fait sa blague habituelle. Qu'on bosse tous les deux dans les trous. Lui pour les remplir d'eau, et moi avec des gens. Tout le monde avait compris mais il explique quand même. Assia sourit et voilà, elle fait partie de la famille.

Je proposerais bien de lui montrer ma chambre mais ils viennent de la repeindre, y a plus qu'un clic-clac où maman dort sans papa et une commode pleine de nappes et de draps.

— C'est pas un clic-clac, c'est un BZ.

— Vas-y, t'es chiant papa…

Enfin y a plus rien, quoi. Comme dans leurs yeux quand j'annonce qu'on démissionne et qu'on part à Paris. Ou Berlin. On hésite encore. Parce que je peux pas enterrer des gens et vendre des sandwichs toute ma vie. Je prononce « sandouiche », pour bien faire comprendre que c'est plus possible.

Je voudrais leur dire de pas s'en faire, qu'on est dans la même équipe et que le but c'est qu'ils soient fiers de moi. Mais ça reste comme une couleuvre au fond de ma gorge. Papa me regarde de partout, il sait plus par où faire entrer le plomb dans ma tête. Le tic-tac de la pendule enroule son fil barbelé autour de moi et maman se laisse absorber par la télé, Ah... Jacques Brel. Ça c'était du chanteur !

Un petit rot m'échappe.

Juste avant de partir, papa me fait signe de le rejoindre dans la cuisine et Tiens mon grand... Il me glisse 150 balles que je peux lui rembourser en deux fois si je veux. Je demande s'il préfère 70/80 ou 75/75 mais c'est vraiment comme je veux et Jacques Brel revient saluer la foule en peignoir.

On fait coucou aux parents dans le rétroviseur. L'habitacle nous réchauffe avec ce qu'il a, un allume-cigare, une clope roulée à l'avance et la chanson où Janis prie pour que le Seigneur lui offre une Merco. On l'adore parce qu'elle chante sur du rien. Elle a que ses deux pieds pour battre la mesure et faire avancer la musique. Comme nous.

On remonte la rue en fixant tout ce qu'on verra plus. Je sors mon carnet et je note les nuages qui fragmentent la lumière, les arbres qui font une haie d'honneur, Janis et le rien, la place de l'église où on s'arrête tranquillement, la grille du cimetière qui couine comme avant.

On s'avance au-dessus de *Jérémy Forçat 1987-2005*. Je dis qu'il aurait pas aimé qu'on le prenne de haut, mais Assia rit pas à tout ce que je dis non plus.

Les dessins de motos sous verre ont pris l'eau, c'est plus que des grosses coulées multicolores. Perdue au milieu des autres, il y a une plaque *À mon fils, ton père qui t'aime*. C'est nouveau.

À trois tombes de Jerem, *Jeanine Auchère 1924-1991* nous fait signe pour qu'on s'assoie. Hormis le bruit du tabac quand on tire dessus et des graviers qu'on jette un peu plus loin, c'est muet. On laisse infuser en nous les esprits de Cravoux et je pense à tous les gens qui savent pas qu'on arrive. Ça me fait une sacrée longueur d'avance.

Assia se glisse dans mes bras. Je fais rouler mes yeux dans son cou, elle doit le sentir parce que le petit duvet se hérisse. Le grain de sa peau bien rond, ça masse comme les picots d'un tapis zen. Je lâche un baiser et Jerem pose sa main imaginaire sur mon épaule. Ça a beau être mon pote, ça me dégoûte maintenant que je connais l'odeur du temps qui passe et qui fait tout pourrir. Si je me concentre, je peux même imaginer l'état du corps sous la dalle et, J'ai du mal à m'y faire. Je dis ça parce que faut pas tout garder pour soi, c'est connu.

Assia croise ses doigts dans les miens en balançant qu'un jour on brûlera les corps, juste par manque de place. Et j'aime bien l'idée que les cimetières disparaissent, qu'on soit débarrassés de tous nos morts, légers comme les cendres dans le vent. Ça fait jaillir un peu de lumière au-dessus de nos têtes. Je réponds qu'avec elle je pars en orbite.

Les mots jouent leur musique. Assia prend son temps. On dirait qu'elle pense à rien et en fait, si. Elle approche sa bouche de mon oreille, Pars où tu veux mais reste vivant Aurélien.

Aurélien, Aurélien, Aurélien… Ça résonne longtemps dans ma tête, Aurélien.

Remerciements

à Sandrine Delaune et Emma Saudin de m'avoir dit Continue d'écrire. Merci infiniment, Emma, de m'avoir accompagné au long cours avec tant d'engagement et de bienveillance

Alfred, merci pour ton amitié et ce regard si juste.

Leïla, Gloria, tout mon amour et toutes mes pensées sont pour vous.

Table

Cet ouvrage a été mis en pages par

<pixellence>

Imprimé en France par CPI
en mai 2022

Dépôt légal : août 2022
N° d'édition : L.01ELJN001055.N001
N° d'impression : 169605